那些为你无眠
的夜晚

张小娴

Amy Cheung

北京出版集团公司 北京十月文艺出版社

青马（天津）文化有限公司
出　品

目 录

序 言

那些为你无眠的夜晚……
有的路，只能是一个人走。

第一章
爱情从什么地方开始

第二章
试用期的爱情

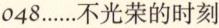

第三章
不想分手的理由

第四章
不要思考爱情

序言
那些为你无眠的夜晚……
有的路，只能是一个人走。

你是否还记得那些失恋的无眠的夜晚是怎么过的？哭着过？醉着过？还是眼睁睁躺着，拼命想要把自己扔进梦里却徒劳无功？那些苦涩地想着一个人的漫长夜晚又是怎么过的？一生之中，多少个无眠的孤单的夜晚？多少个寂寂长夜哀哀地思念？为谁酸苦为谁哭？

也是在这些无眠的夜晚，枕边的欢笑与泪水、两个人挨着睡说着甜甜情话的时光，偏偏在记忆里死死地勾留。往事如影随形，狠狠地折磨你，就是不让你睡。那时候不是说好了将来我们要怎样怎样的吗？曾经以为真的会是这样，后来的一天，这一切悄然落幕，他离开了床，留下你，也留下了无数个悲伤欲绝的夜晚。

谁说恋爱了就会一直幸福下去？谁说只要闭上眼睛就会一觉睡到明天？又是谁说张开眼睛就会看到阳光？爱的时候，多么一厢情

愿？失去的时候，也一无所有。你睁着疲惫的双眼悲苦自问：忘记一个人，好好睡上一觉的日子，何时才会宛如恩典般翩然降临到你的床榻之岸？不过是想要爬进梦乡而已，如此卑微却也难以如愿。醒着多累啊。

无眠的夜晚，屈曲着两条腿像孩子般搂着被子呜呜地啜泣的时候，你跟自己说：要是一切可以从头来过该多好，要是可以从头来过，你会做得好些。要是他愿意回来，你什么都愿意。这样想有多傻有多自欺？即使他回来了，你也会是原来的你，改不了。不能一起，不是因为你是这样的你，而是他再也不喜欢这样的你。

多少个哀伤的夜晚，那个人早睡着了，心里放下你了；你却还醒着，像做梦般晃在幽暗寂寞的街上，去哪里都好，做什么都好，被谁

收留都好，就是不想回家，也害怕回去，好害怕一个人回到家里睡不着。失恋的夜晚太漫长，谁能够一直陪着你？总是要回家的。累了总是要睡的，睡着了也许就能忘记、就能放下。

放不下一个人，是谁的错？当然是你。心在你那里，思念也在你那里，只有你能放下，谁也帮不了你。即便是他曾经睡在你身边的那些日子，睡着了，不也是一个人吗？人睡着之后都是孤单的。有的路，只能是一个人走，比如说，梦乡的路。

佛说："知幻即离，离幻即觉。"离幻就觉悟了，可有的幻影多美多绚丽，也多么难以割舍？明明醒着却是在梦里，从梦里醒来的一刻，却又会问："是真的假的？"到底是真的还是假的，是谁说了算？你彻夜醒着，爱情它早已经沉睡，永远不会再醒来，床上有过的欢愉与缱绻，如同枯萎的花儿冉冉落尽，除了一片荒凉，不留什么。

梦乡明明就在那儿、在看得见的彼岸，可就是到不了，爬也爬不过去，直到一天晚上，当你终于踩到那片荒凉的土地上，亲眼看见了情爱的尽头，当你终于死心，终于明白了无常散聚，愿意丢开所有的希冀与牵挂，也许就能到得了梦的彼岸，在那里睡上香甜幸福的一觉。

　　一生中，多少背影已然依稀？人却总是要睡的。一场酣眠，同时也是觉醒，如许红尘，如梦一场。后来的后来，你甚至再也不会为任何人失眠了。有的路，的确只能是一个人走，比如说，觉醒的路。

张小娴

二零一四年　早春

我们所期待的爱情，
并不是一起默默过日子，
直至面目模糊；
而是像流转的四季，
每一个微妙的变化都充满喜悦。

第一章

爱情从什么地方开始

情之所钟

你相信一见钟情吗？

这个世界上，有什么是不可能的呢？你以为你的故事不平凡，然后，有一天，你发现周遭有更多不平凡的故事，你不过是芸芸众生其中之一。

有时候，发生在你身上的事又偏偏比小说和电影更曲折、更复杂。大部分的小说都是虚构的；然而，虚构的故事竟然有一天会在现实人生中发生。

原来，只要有人的地方，便没有不可能的事。

既然有一见如故，为什么不会有一见钟情呢？

科学一点来说，一见钟情，也许是费洛蒙作祟。费洛蒙又称为第六感官，是人与人之间的一种化学对话。我们嗅到了彼此的费洛蒙，也就无法抑制地想要互相接近。这种反应，超越了逻辑思维，谱出了浪漫之歌。

哲学一点来说，一见钟情也许是叔本华说的"生命意志"吧？

　　叔本华认为,爱情的终极目标,不过是养育下一代,延续人类未来的生存。正是这种生命意志,你会无可救药地爱上一个不期而遇的人,因为你认定只有他可以和你创造出最完美的下一代。

　　哲学毕竟有比科学不浪漫的时候,科学纵使浪漫,却始终比不上文学。作家都倾向相信一见钟情,不为什么,无须解释,人生就是有许多意外。

　　我相信一见钟情吗? 我想,在一见之前,已经累积了许多梦想与期待,然后某天,在茫茫人海中,我们遇上了,才会钟情。情之所钟,不过是圆梦。

亲热的小鸟

当一个男人表现了他的智慧或者做了让女人感动的事，就是女人最想和他亲热的时候。

两个人聊天或者讨论问题的时候，他说了一句话或者一番见解，那一刻，她不禁心头一震，惊叹他的智慧。

虽然，她一直都欣赏他，知道他大概有多聪明，然而，就在这一瞬间，他的智慧再一次触动她的心灵，他简直帅呆了，比所有她认识的人都要出类拔萃，而他竟然爱上她。

她真想冲上去吻他，身体和他纠缠在一起。

当他做了一件事情令她感动得说不出话来，甚至流下眼泪，她也真想跳到他身上，搂着他，抚吻他，把他吃掉或者让他把她吃掉。

自个儿心情好的时候，和男朋友亲热却往往不是女人的首选，她会更喜欢逛街或者吃好吃的东西。

心情不好的时候，也还是逛街和吃东西比较好。

沮丧和伤感的时候，女人要的是一个拥抱和一个安慰的吻，这

两样永远胜过肉体的缠绵。

男人又是什么时候想和女人亲热的？

是觉得她很有智慧的那一刻，还是当她穿着性感睡衣的时候？

是被她感动的一刻还是小别之后？

男人有时候的确是用他们的小鸟去想事情的。

女人用的，是她们心头的鸟儿。这鸟儿会朝智慧的光辉飞去，会因为感动而鸣啭低回呢喃。

明天再说吧

常常有女人问："怎样才知道那个男人喜欢我？"

我有一个置之死地而后生的方法。

找一个晚上，半夜三点钟打电话把他吵醒，然后说："我睡不着耶！陪我聊天好吗？"

假如他很不高兴地说："现在是什么时候了？"

很明显，他对你毫无好感。

假如他马上抖擞精神说："喔，没关系，我也睡不着，正想找个人聊天呢！"

这个男人对你不可能没意思吧？

万一他是夜猫子，晚上三点钟还没睡，那你就大清早打给他，那时他才刚刚睡着，你很抱歉地说："对不起，我晚一点再找你吧。"

他竟然温柔地说："没关系，我醒着呢。"

这个人一定是喜欢你的。

你的开场白愈无聊愈好。他连你半夜的无聊也能接受，就是很

想和你开始。要是半夜找他哭诉,他愿意聆听,不一定是喜欢你,有可能是他人很善良,不好意思拒绝一个伤心的人。

男人最有耐性的时刻就是他刚刚喜欢你的时候,他可以每天半夜跟你讲电话直到天亮,无论你说话的内容有多无聊,他也会说:"你这个人真有趣。"

这段日子,你要好好珍惜。有一天,你半夜吵醒他,想跟他聊天,他会说:"在睡呢,明天再说吧。"

你是星期几的样子？

你有没有发觉自己每天都有一个样子？

星期一的你跟星期三的你是有一点不同的，这么细微的差别，也许只有你自己看得出来。

我觉得星期三和星期五的我比较好看，而星期天和星期一就比较糟糕。没人明白那是什么原因，反正我们永远不会是昨天或明天的自己，只有当下这一刻才是真实的。

同样地，经过一段时间的观察，我发觉身边的人在星期六的样子比星期一可爱，也许是因为星期一的工作通常很沉重吧。到了星期六，他会宽容很多。（所以我会选择在星期六发脾气。）

你身边的人呢？

你是否能够说出他一星期七天里脸上微妙的变化？还是已经没有感觉了？

曾几何时，我们很努力去捕捉恋人身上的一切。他指甲的形状、拇指的弯度、大脚趾和第二只脚趾的长短，他牙齿的颜色、他的唇

纹、他眼睛里黑和白的比例、他身上没穿衣服时的窘态,他充满情欲时,皮肤散发出来的味道……这一切一切终将消逝,我们惟有尽量记忆。

就这样,从星期一到星期天,我们从恋人身上寻找彼此相似之处,然后歌颂它。

我们也同时寻找彼此相异之处,然后遗忘它。

只是,终有一天,我们会变得懒惰和挑剔,不是重新想起彼此相异之处就是忘了当初为什么爱他。当你忘了他星期一和星期六的样子有什么分别时,难免有一点感伤。因为,由始至终,我们所期待的爱情,并不是一起默默过日子,直至面目模糊;而是像流转的四季,每一个微妙的变化都充满喜悦。

品味的霸道

跟朋友逛街，看到一个很难看的名牌皮包。她笑笑说：

"这么难看的东西，怎会有人买？"

你别笑，再丑的衣服、再丑的饰物，也会有人喜欢。相反，你自认品味不俗，却会在大减价时发现你在减价前买的一条裙子依然挂在那里无人问津。

当你喜欢一个人的时候，你也自然会认定他和你的品味很接近，一旦发现他的品味很糟糕，你不免重新怀疑他是否真的懂得欣赏你。

作家朋友说，曾经有一个女人说很喜欢他和他的文章，他当时很开心；但是，这个女人同时又告诉他，作家之中，她也喜欢某某。

他不禁愣住了。他觉得那个某某写的东西糟透了。他不是妒忌，而是真心瞧不起某某。而这个他喜欢的女人，怎么可能同时喜欢他和那个某某？

比如他觉得她刚买的一条裙子很丑，那么，她怎可能同时喜欢

他和那条裙子呢?

朋友的品味,我们都不好意思批评,无关痛痒的人的品味,我们也绝不会看不过眼,惟有情人的品味,我们是不肯宽容的。我们也是他的品味,我们才不愿意跟其他程度不够的东西并列。

喜欢我就别喜欢那双难看得要命的鞋子。

喜欢我就别喜欢那个颜色。

喜欢我就别喜欢那些庸脂俗粉。

爱情,是品味的霸道。

恋人的八卦

　　恋人之间的八卦，是一种情趣和秘密。从一个派对回来，他们会热烈地讨论刚刚在派对上认识的某个人。

　　"他真爱吹嘘。"他说。

　　"就是啊！有真材实料的人才不用吹嘘！喔，对了，你看到他今天戴的手表吗？镶满钻石的金表，好恶心耶！"她说。

　　从朋友的晚宴回来，他们会对某位女士评头论足。

　　"我不喜欢她！她看来就是一副高不可攀的样子。你不会觉得她漂亮吧？"她说。

　　"当然不会。"

　　"但她就是一副觉得自己很漂亮的样子。你喜欢这种女人吗？"

　　"才不。"他露出厌恶的表情。

　　她满意地笑了。

　　从朋友的约会回来，她边笑边说：

　　"他今天穿得很没品味喔，真想知道他那身衣服是在哪里买的，

这么离奇的衣服,倒是要很有眼光才找得到耶。"

"哈哈,可能是从马戏团借来的。"

借着这些小小的八卦,我们竟得以更了解对方。八卦原来也不是一无好处的,它是恋人们交换身世秘密和过去历史以外的　章,是每一段恋情中不可或缺的。

最幸福的一种坏

幸福，往往是某种程度的依附。有一个人，在感情上和生活上对我们的依附无任欢迎，那才是幸福。

一个人生活，可以很快乐，可是，只有一个人，便不能说是幸福。

幸福，是和另外一个人或者一些人发生某种关系，那可能是你的家人，也可能是你爱的人。

虽然说起来很小女人，可是，我是喜欢依附着别人的。

我希望有一个人能够为我决定所有事情，工作上的决定，以至买哪一件衣服，也不用我三心两意。当然，他的决定最好也是我心中所想的。

我希望他能够猜中我的心意，不用我说出来。他为我做的事，我不需要知道那个过程，因为那个过程太繁琐了，他一个人去承受就好。

我渴望被溺爱，甚至被宠坏。我可以不问世事，当我想知道世事的时候，他却又会告诉我；我会照顾自己，不过，最好是由他来照顾我。

在那个人面前,我可以任性和蛮横。

沮丧的时候,他会背我回家。

他会摇着头说:"你真是被宠坏了!"

是的,被自己所爱的人宠坏,是最幸福的一种坏。

擦过你的脸

男人身上有一样东西，它有时长，有时短，有时可爱，有时可恶，有时你想要它，有时你不想要它。那就是胡子。

最难忘的是清晨的胡子。一夜之间，男人前一天刮干净的胡子又长出来了。他搂着你，用胡子使劲地擦你的脸，吻你的嘴唇，你投诉：

"你的胡子弄痛我了。"

他一边说"对不起"，一边却很欣赏自己这份粗犷。

你的脸给他擦红了，生气地说：

"以后你一定要刮了胡子才可以吻我！"

到了晚上，新的胡子还没有长出来，这个时候，跟他擦脸是最舒服的。这时候的胡子像一把柔软的毛刷子，替你的脸按摩。他的胡子，仿佛也带着他的气味。

恋爱的时光里，我们享受着男人粗暴而又温柔的胡子，思念他的时候，总会怀念他在无数个清晨里那些把我们弄痛的须渣子。

　　曾经给他擦红了的脸，期待他再擦一遍。当爱流逝，他的胡子也擦着另一个女人的脸了。

　　听说，失恋的男人会躲起来不刮胡子，他们也是悲伤地怀念着那张给他们擦过的脸吧？

辞职吧！我养你！

每当工作不如意的时候,恋爱中的女孩子大抵都听过男朋友这句话:

"辞职吧！我养你！"

虽然在工作上遇到挫折,只要听到对方这样说,会马上变得甜丝丝。

"你养我？养我很贵的喔！"

"顶多我辛苦些。"他义无反顾地说。

那一刻,他的确是真心的,甚至忘记了自己一个月的薪水有多少,够不够养活另一个人。

做为一个女人,要是从来没有一个男人跟你说这句话,那未免太可怜了。把这句话当成真的,却也未免太天真了。

有一个女孩子很任性,每份工作都做不长,原来是因为每一次当她向男朋友诉苦,他都会说:

"辞职吧！我养你！"

　　他应该是真心的吧？可是，你辞职，他养你，也要基于一个条件，那便是他还爱你。

　　我深深相信"辞职吧！我养你！"不是一时的豪情壮语，而是爱的纵容。我有幸听过这句话，也非常幸运地没有对男人说过这句话。可是，我更相信，当爱情存在，誓言才会存在。

恋人的新名字

爱的时候，我们都会重新被命名。

你不再是你身份证和护照上的名字，你有一个独一无二的专称。

你可能会被恋人昵称做"宝贝"、"达令"，或者一个你们才了解个中意义的名字。昂藏六呎的男人也会被叫做"Baby"。旁人要是听到这些名字，大概会马上起鸡皮疙瘩，只有当事人陶醉其中。

你在恋人面前是叫什么名字的？北鼻？蜜糖儿？猪猪？没有昵称的恋情总好像欠缺了一点调皮的情意。

再肉麻的事，只要是对自己所爱的人做，马上就会变得无比优雅。

你曾经这样爱过一个人吗？你根本不知道怎样喊他，已经过了直呼其名的阶段，偏偏还没有新的命名。你想叫他的时候，张开嘴巴，突然不知道叫他什么，只好叫："嘘！嘘！"

一个昵称只能对一个人。无论我们为什么分手，我永不让别人

叫我这个名字。它应该是专属于人生某段时光的。

永不重复，是一种道德。

恋人的名字

跟别人提起自己的恋人，我们可以洒脱地说出他的中文全名、英文名或是外号。

有的人别具一格，喜欢喊自己的恋人做某小姐、某先生，仿佛这样反而分外亲切。

温馨一点的，会叫对方做老公、老婆、蜜糖儿、达令。一下不留神，还以为他俩真的结了婚。

对别人说你的名字很容易，两个人之间有时候却又不知道该怎么说。"老公"、"老婆"、"蜜糖儿"这都是平时或者情意绵绵的时候说的，吵架时才不会这么喊你。

原来，除了最初认识时会喊对方的名字之外，很多情侣从来就没有喊过对方的名字，打电话给他，第一句话便是：

"是我，在哪呢？"

从来不会直呼其名，难道说"我很想你"也要先喊你的名字吗？好像太傻了。可是，我们也不是没有直呼其名的时候。吵架时，劈头第一句便是你的名字：

"×××，我受够你了！"

"×××，你到底想怎样？"

"×××，你太过分了！"

"×××，你会后悔的！"

"×××，我以后不要再见到你这个人！"

地铁上的
王子和公主

有没有发现地铁上有很多王子和公主？

地铁上的王子是给他身边的女孩捧出来的。

这个"王子"看上去很平庸却面有得色。每当他说话的时候，他身边的女孩总是不住点头，情深款款地望着他。

男孩不说话的时候，他身边的女孩会不甘寂寞，用手去抚弄他的头发，在他的头发上打圈圈。当男孩做出一副怪责她把他的头发拨乱的表情，女孩只好停下来，痴痴地凝望着他的侧脸。可是，过了一会，她却又忍不住动手为他挤掉脸上的暗疮。男孩由始至终骄傲地坐在那儿，他是她的白马王子。

地铁上的公主通常是去赴一个男孩的约。

当列车驶离月台，进入漆黑的隧道，女孩便开始对着两扇反光的车门补妆，她旁若无人，把车厢当成是她的私人化妆室。下车前，她终于满意了。她甩一甩头发，咧咧嘴，脸上露出自信满满的微笑。

她在别人眼中并不漂亮,可是,她要去见的那个男孩肯定把她宠成了公主,常常告诉她,她长得多美。

于是我明白,男人的自信来自一个女人对他的崇拜,女人的高傲来自一个男人对她的倾慕。

情场好市民

有的时候,当我们不知道怎样去评价一个算是不错的人,我们也许会说:"他哦,他是个好人。"

心地善良是好人,温柔敦厚是好人,为人设想是好人,不做坏事的,也是好人,然而,没什么优点的,可能也是好人。

女人拒绝一个男人的追求,通常会委婉地对他说:"你是一个好人,可惜我对你没有那种感觉。"

被说成是好人的男人,残酷一点说,就是没有性格,女人不想伤害他,只好说他是个好人。没什么的,就是个好人。

女人喜欢你,嘴里说"你真是个坏人",她还是会投怀送抱的。

男人拒绝一个女人的追求,也会婉转地说:"你是个好女孩,我不想负累你。"

为了给她台阶下,男人宁可说自己坏。一个坏男人,配不起一个好女孩。

假使他喜欢她,即使她多么单纯,他也有本事把她教坏,相反,

无论她有多么坏，他也心甘情愿被她负累。

　　别人都说你是个好人，那是赞美，在情场上打滚的"好人"，却也许是嘲讽。

　　谁要做情场上的好市民？

　　情场上的一个好人就是情场败将，还是回去收拾包袱吧。

三只老鼠

收到三个女孩子的来信，她们之中，一个是被抛弃的第三者，一个是苦恋着一个女孩的双性恋者，一个是暗恋着男老师的女学生。这三个女孩，不约而同自称老鼠。

老鼠只能在黑暗的沟渠中生活，见不得光。

第三者是老鼠，只能躲在暗角，偷恋她的男人。当男人主动了结这段关系，她也只能在暗角里舔伤口。

苦恋同性的双性恋者，不知道自己到底喜欢男人还是女人。她上午跟男人亲热，下午跟女人亲热，躲躲闪闪的，像只老鼠。

暗恋老师的那个女孩说，她每天放学后跟踪老师，这么做已经两个学期了，直到现在，老师还不知道这事。有一两次，她以为被他发现了，吓得慌忙窜到一边去躲起来，就像一只看到人的老鼠。

三个被爱情困扰的女孩，感怀身世，以老鼠自居。老鼠有什么

好？沟渠老鼠不能见光，白老鼠是实验品，终须死在实验室里。

老鼠在人的脚下走过，但是人却不一定知道老鼠在脚下走过，卑微的老鼠，只能一厢情愿。

爱情不是奇遇

有的人会说，与陌生人一个眼神，已经是爱情；在巴士上和他对望了一眼，已经可以悬念一生；在车站月台上和他擦肩而过，也可以爱上他。爱情不是这么儿戏吧？我从来不相信这是爱情。

也许，你曾在巴士上跟一个陌生人并肩而坐，那一刻，你对他有一种奇妙的感觉，但那不是爱情。

他说，年少时候，每天都在同一个巴士站碰到一个女孩子，然后跟她坐同一班车。车上经常挤满人，他们在车厢里总是被其他人挤到一起。

一天，车厢又如常挤满了人，他和女孩坐在巴士下层最后一排，两个人被挤在一块，互相挨着。后来，其他人陆续下了车，后排只剩下他俩，女孩却竟然没有把身体挪开，他也就舍不得挪开。到了终站，两个人才终于各自站起来走下车。他们没正眼看彼此，也没说过话，那感觉好奇妙，他这辈子也忘不了，然而，打那天起，害羞的他再也不敢在那个巴士站等车。他怕看到她。

这是爱情吗？这只是奇遇。

假如你认同弗洛姆所说，爱情是一项意志、一项决心、一项允诺，那么，爱情决比这样的奇遇深刻许多。

奇遇没有痛苦，爱情却有。

一个绑匪
写在情人节的信

　　每个男人被埋怨不会写情书的时候,他们总是说出一大堆借口,譬如:"我对你是真心的,不用写下来。""和你每天见面,还用写情书吗?""我知道你不在乎这些。"

　　说到底,他们就是不写。情书是那么缠绵、温柔、细致而又感性的文字,男人到底是不擅长的。

　　然而,在情人节里,男人好歹也应该写一封情书吧? 不会写情书,那么,写一封绑票信也可以,收信人是女人的父母。

世伯，伯母：

　　当你们收到这封信的时候，你们的宝贝女儿已经在我手上。

　　你们猜得没错，我是用甜言蜜语把她骗回来的。她也是活该的，这么大个人了，还相信爱情是义无反顾地跟一个男人共赴天涯。她还笨得相信爱情是一生一世的事。她笨得可爱，我不绑架她，我绑架谁？

　　有时候，她会问我："你爱我吗？"有时候，她又会问："你会和我结婚吗？"我不禁怀疑是我绑架了她还是她绑架了我。

　　女人的问题，真是很难回答。你们的女儿是什么时候变成问题女人的？

　　关于赎金，我要的本来不多，可现在，我不要赎金了，我打算把她还给你们，她却赖着不肯走。请你们救救我！

　　　　　　　　　　　　　　　　　　一个绑架了你们女儿的蠢才

在情人身上看到了上帝

　　我们总是透过自己所爱的人来赞美自己，我们会为对方做很多事来换取赞美，就好像一个小孩子努力换取父母的赞美。

　　她是那样刁蛮任性，不可理喻，但他仍然迁就她、纵容她，不介意做她的奴隶，在她身上，他看到自己多么伟大。他大好一个人，竟然为了爱情变成她的奴隶，他太伟大了。每一次，当她又对他要性子，他照样会原谅她。她是他的奴隶主，他是她的奴隶兽——心甘情愿又幸福的奴隶兽。

　　他怀才不遇，没有上进心，脾气差劲，她却深深爱着他，容忍他的坏脾气，容忍他不上进，容忍他对她不好。为了他，她得不到家人的谅解，也失去很多朋友，但是，在他身上，她看到了奇迹，她发现自己原来可以这样无条件地爱一个人。她多么懂爱？她是多好的一个女人？她被自己感动了。

　　他深深地爱着她，可他知道是没可能的，他不敢示爱，只敢守候在她身边，时时刻刻想着她、保护她。只要她有需要，他愿意为她赴

汤蹈火，他甚至不敢对她有任何歪念。他从没想过自己可以这样对一个女人，他的条件那么好，喜欢他的人很多，他却心甘情愿在她身边做一个卑微的仰慕者。痛苦难受的时候，他觉得自己是个情圣，情深而高贵。他在他爱的女人身上看到了上帝，上帝就是他自己。

　　不要炫耀你多么伟大，多么深情，我们或许只是透过另一个躯体来赞美和感动自己。

两地时间与想念的人

有一年，跟美国回来的表哥和他的朋友到台北玩，第一天吃午饭的时候，我发现他们两个的手表仍然是美国时间，并没有调到台湾的时间。

我笑着问他们：

"是不是在美国有想念的人？"

他们两个微笑不语。

因为家里有想念的人，所以，无论身在哪里，离家有多远，还是不愿意把手表调到当地时间。

人在异乡，只要看看腕上的手表，便知道这个时候对方大概在做些什么。只要是这样，想念也是甜的；而所有的牵挂，也有了一个落脚点，就像风筝没有离开线轴。

看看手表，是晚上十点钟了，是时候给他打电话了，要是把手表调到现在地的时间，也许会混乱了，错过了时间打电话，在家里的他，是会一直等着的。

因为家里有想念的人，所以，天涯海角，只有家里的时间才是时间，现在地的时间只好自己记着，加加减减。

有的人特意买一块有两地时间显示的手表。然而，一地时间跟两地时间终究是不同的。一地时间，等同思念。

直到一天，无论你到什么地方，一下飞机，便了无牵挂地把手表调到当地时间，你才黯然若失，记起自己已经没有要想念的人了。

我的肝酱

多年以前，到法国旅行，抵达的第一天，在友人家中做客。中午，朋友的法国太太准备去市场买菜，我听到我的朋友跟他太太说："她爱吃肝酱，你去买一点回来。"

喔！我那个期待法国美食的胃，马上"登、登、登"地兴奋起来。太好了，有鹅肝酱吃！

谁知道，朋友那位拥有中国人知悭识俭美德的法国太太，买回来的却是猪肉肝酱。七个人的午餐，就是那瓶肉酱、番茄沙拉、酸瓜、奶酪和面包。第一次到法国的我，没想到在巴黎吃的第一顿饭竟是如此"简朴"。我可是坐了十三个小时的飞机来的呢。

后来再想想，也许是我朋友说得不清楚，他说"肝酱"，他可没说"鹅肝酱"，是我一厢情愿罢了。况且，我也太虚荣了，猪肉肝酱的味道并不太坏，比鹅肝酱便宜的鸭肝酱也很美味，为什么一定要吃鹅肝酱呢？

虽然我已经许多年不再吃鹅肝酱了，可我从来没放弃追寻其他

的美味。我的法国朋友却也许是法国人之中的例外。他们追求精神
生活,吃得并不讲究。我是个俗世女子,享乐与精神共舞,彼此抚慰、
平衡。我因此没法爱一个不喜欢美食的男人。

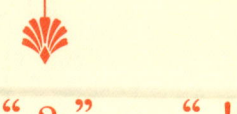

"？"，"！"

　　大文豪雨果写成《悲惨世界》之后，很牵挂书的销量，又不想直接问，于是，聪明的他寄了一张卡片给出版社，上面什么也不写，只写上一个问号"？"。出版社马上会意，回了一张卡片给他，上面也是什么都不写，只写一个感叹号"！"，意思是好极了。

　　符号有时候比文字更有力。今天，我们也可以用符号来回答情人的问题。

　　"你爱我么？"

　　他不是回她一个"！"，而是写满一张纸的"！"，是爱得很紧要了。

　　"你是不是不再爱我？"

　　他回她一个"？"，他自己也很迷惘。

　　"你愿意嫁给我吗？"

　　她回他一对感叹号"！！"，我要嫁给你，长相厮守。

　　"我身材好吗？"

他回她"！"、"！"、"！"，三围都令人惊叹，爱不释手。

"你明天可以陪我吗？"

他回她"！"、"？"、"！"，他很想陪她，但是他不知道可不可以把工作做完；但，为了见她，管他呢！他一定来。

为了那里的柠檬

你为什么会爱上一个城市？是因为那里的风景、人、食物，还是喜欢那里的历史？

喜欢一个地方，为什么不可以只是喜欢那里的风和云呢？也许是喜欢那里的天空和海水。

她说，她喜欢过一个男人。喜欢他，因为他曾经邀请她一同去一个地方旅行。

她问："为什么要去那里？"

"因为我喜欢那片天空的云。"他说。

没遇到他之前，她以为哪里的云都是一样的，遇上他，她才知道某片天空的云真的漂亮很多。

我在拉斯维加斯城里住过一晚，我喜欢那里的风。许多人也许不认同，有的朋友说，拉斯维加斯整个城市像好莱坞电影里一堂华丽的布景。也许那时我失恋吧，失恋的时候，走在拉斯维加斯的风里，突然清醒了，不再惆怅。回忆中，总有那一阵凉风。

喜欢意大利那不勒斯的朋友
说，她喜欢那不勒斯的柠檬。那不
勒斯出产的柠檬像橘子那么大，
颜色好漂亮。她去那不勒斯，就是
为了那些柠檬。花那么多钱买机
票，住酒店，就是为了去看柠檬？
是的，就只是为了那里的柠檬。

只要自己觉得快乐和幸福，
为什么不可以为了柠檬，为了风
和云而出游？

你绝对不用说
"我爱你"

以前的女人很害怕男人不肯说"我爱你",现今的女人愈来愈坚强和独立,并不是一定要男人嘴边常常挂着这三个字。当他对她说出这三个字,她也许会害怕,不知道该怎样回答他。

"我爱你"这三个字是一项承诺,女人再不愿意被承诺束缚。即使很爱一个男人,如果他说了"我爱你",女人也就不必说。女人通常是被抛弃的时候才说"我爱你"。

当他说"我爱你",女人可以说"我也是"。这个答案比较含蓄,而且,男人跟女人不同,他不会追问:"'我也是'是什么意思?"

当他说"我爱你",你可以反问:"真的吗?"狡黠地把"我爱你"三个沉重的字轻轻拨开。

当他说的"我爱你"在那一刻感动着你,你大可以说:"我也爱你",这跟"我爱你"是不一样的。

当他说"我爱你",你可以问他:"一直都爱吗?"

当他说"我爱你",你可以不用回答,只是静静地、深情地看着他。

当他说"我爱你",你可以既幸福也感伤地说:"等我老了再跟我说吧,那时我会比现在更相信。"总之,你绝对不用说"我爱你"。

爱情从什么地方开始

男人最可爱也最可敬的时刻，
是他愿意走在你前面。
无论前面是地雷阵，还是过期罐头，
他抱着鞠躬尽瘁、死而后已的勇气
为心爱的女人做白老鼠，
我们能不感动吗？

第二章

试用期的爱情

不光荣的时刻

当你爱一个男人,你是爱他光荣的时刻,还是你也爱他卑微的时候?

女人爱一个男人,总是能够举出他的好处。

"他聪明。"

"他善良,有责任感。"

"他有正义感。"

也许,她还见过他最光荣的时刻。譬如说,他的才智得到认同、他是朋友之中最出色的一个、他的成就让所有人都羡慕。

然而,只是爱上他的光荣,那是危险的。当他头上的光环一旦褪色,她会看不起他。

她见过他最卑微、最糟糕、甚至最不堪的样子吗?

他会因为害怕而颤抖。

他会因为受伤而哭泣。

他有很多事情都不懂，他有时很执拗。

遇到比他强大的对手时，他会找借口退缩。

曾经有机会目睹他最软弱和最糟糕的时刻，你仍然能够微笑接受他的不完美，并且和他共同拥有这个秘密，这样的爱情，或许才能够长久些。

我宁愿千疮百孔

当一个人跟你说,你太完美了,他没法爱你,你有没有想过,这只不过是一个借口?

因为他没法爱上你,惟有这样拒绝你。

不是你不好,而是你太好了。不是你配不上他,而是他配不上你。

这个借口,既挽回了你的自尊,也保住了大家的友情。我们可以跟一个很完美的人做朋友,却没法跟一个太完美的人相爱。

要是他说,他不能跟你一起是因为你太完美,那么,你就相信吧。

完美有什么不好? 那总比"我不适合你"、"对不起,我不喜欢你"、"我已经有喜欢的人了"这些说话动听得多。

世上怎会有完美的人? 所有的完美,不过是一个对比。你爱他,他不爱你,这便是一个对比。不被他爱的你,可怜地完美。被你所爱的他,骄傲地不完美。

当我们被人爱着,我们才能够意气风发地问对方:

　　"比我好的人有很多，你为什么只爱我？也许，你很快就会发现
我并没有你想象的那么完美。"

　　我们并不渴望完美，那是遥不可及的。能被你所爱，千疮百孔又
何妨？可是，你却说我太完美了。你说的，是我永不相信的谎言。

最难承认的

最难承认的，并不是自己的错误，而是心里的妒忌。

"我嫉妒"比"对不起"更难启齿。

爱一个人的时候，我们很愿意说"对不起"。既然我错了，希望你不要生气。因为爱你，所以这一点点的自尊我可以丢开。

然而，嫉妒却与自尊无关。

嫉妒里，也许是有一部分的自卑吧？我并不希望你了解我的自卑和脆弱，这是我自己也几乎无法面对的事情。

为了掩饰我的嫉妒，我不是胡乱找借口闹脾气便是假装我很有风度。

我一连闹了几天脾气，你找不出理由，以为我为了一些鸡毛蒜皮的小事，或者以为女人每个月总有几天非常可怕；而其实，我在嫉妒。

嫉妒些什么？或许是嫉妒一些你认为可笑和不可能的事情，比如你和其他女人的关系、你对其他女人的赞美。

女人的本领，是把一些事情想象成真，想着想着就哭了，好不凄凉。

我不想你知道你爱的我是个会妒忌的女人。妒忌的时候，我宁愿说是我的更年期早到了二十年，而不是我吃醋了。

女人不想承认妒忌，也许还有这许多的理由：

我不想你知道我多么在乎你，多么害怕失去你。

我不想你沾沾自喜，也不想长他人志气。

我不想变成一个小心眼的人；我更不想的，是你以后可以利用我的妒忌来气我。

所以，当我满怀妒忌的时候，我还是潇洒地笑笑。

你的态度，我的愤怒

　　恋人吵架，很多时候并不是为了什么重要的事，而是为了一些微不足道的小事，譬如大家的态度。

　　"你刚才什么态度？"她生气地问。

　　"什么什么态度？"他莫名其妙。

　　"我跟你说话的时候，你根本没有在听。"

　　"我才没有。"

　　"果然没有。"

　　"是没有没有听。"

　　"你有听哦？那我刚才说什么？"

　　"……"

　　"你根本没有听我说话！"

　　"那是因为你说了好多话。"

　　"你……你是讨厌我吧！呜……"

　　"你哭什么？这是什么态度？每次自己没道理的时候便哭。"

"我哪里没道理？"

"我就是不喜欢你这种态度。"

"我一向都是这样的！"

"一向这样并不代表是对的！"

"我明白了！这个世界上只有你永远是对的！"

"你真是蛮不讲理！"

"对啊！我这人就是不可理喻！你根本不爱我！"

我们吵得翻天覆地，却往往忘记了大家吵架的原因，那就好比两个赛跑的人，忘记了自己本来的目的是赛跑，只是站在那里批评对方的眼神太过不可一世。

杀手的理想对象

　　杀手大概是一个很迷人的身份，电影里的杀手不是英俊潇洒便是义薄云天，到了《这个杀手不太冷》却一反传统，杀手是个憨憨的孤独的男人。

　　男人需要英雄感，这大概是他们喜欢幻想自己是杀手的原因。很少男人敢于真正做杀手，大部分男人想做的只是"女人杀手"。

　　真正的杀手会爱上一个怎样的女人？

　　美人不会爱上杀手，她们长得美，大可选择富裕安定的生活。

　　杀手不会爱上丑女，已经每天出生入死了，还要虐待自己？

　　杀手不能爱上长舌妇，她们会泄露他的秘密。

　　女杀手不会爱上男杀手，不安定的女人当然希望找个安定的男人。

　　杀手不能爱上大女人，那会削弱他们的英雄感。

　　只有小女人最适合做杀手的女人。

　　电影《危险人物》里的女朋友便是所有杀手的理想对象。她不美

也不丑，她容易慌张，笨，冒失，爱哭，整天像梦游，根本不知发生什么事。偏偏是这样一个女人，一个满手血腥的男人却因此对她心软。

她是男人的负累，但是一个杀手必须有一个负累——一个小孩、一个女人，甚至一条狗，那才可以挽回他失去的良知、爱和血肉。

最好的春药

世上并没有长生不老药,这点我们早已知道,但我们一生总难免要吃药。有的人吃药成癖,身上常常带着几十种药,没病也要吃药。有的人坚持到最后一分钟,痛楚难当才吃药。当然,有另一些药使人沉迷,早已成瘾。

吃药是生理治疗,也是心理治疗。对于那些经常怀疑自己生病,要医生开药的病人,医生给他们的是普通的维他命丸,即是所谓的安慰剂。

好些治病的药是要吃一辈子的,是一个包袱。好多年前,一对瑞典父子发明一种抗衰老药,风靡一时,可后来再也没听说有人吃了。或许,世上最好的抗衰老药

是快乐。

女人的抗衰老药是爱情和自信，男人的抗衰老药是权位财势。失势的男人会突然衰老，失恋的女人老得更快，直到她再次恋爱。

有一种药，男人用得比女人多，那是春药。吃春药的男人分为两类——追求极乐和想重振雄风的。吃春药的男人跟吃类固醇的运动员不同，后者欺人，前者自欺。如果可以，何苦吃春药？

最好的春药是爱情，男女皆然。没有了爱情，再好的春药不过是一晌贪欢。

心虚感应

当你想起一个人,他突然打电话来……

你拿起电话正想打给一个人,他的电话刚好也打来……

你想起一个很久不见的朋友,过了几天,你就在街上碰到他……

你打电话给一个人,他告诉你,他刚想起你……

这些是不是心灵感应?不相信心灵感应的人,也会遇到这些奇妙的时刻。时间、空间,像流水一样,不可思议地汇聚。

除了心灵感应,还有心虚感应:

你秘密跟同事谈恋爱,偏偏经常给其他同事在街上碰到。你跟

办公室以外的人谈恋爱，却从来没有被人碰到。

　　你跟上司或者下属偷情，行动已经非常小心了，还是给同事碰到。

　　你正在说那人的坏话，那人刚好站在你身后。

　　你在洗手间说人是非，那人正好在。

　　你对男朋友或者女朋友撒了个谎，说你今天晚上要去陪一个朋友吃饭，你万万想不到，他们刚好在街上碰到你说的那个好朋友独自一个人，他才没有约你吃饭。

　　心虚感应往往比心灵感应更灵验，心虚的事，还是不要多做。

最好的，不是湿吻

最温暖的吻，往往不是湿吻。

最温柔的吻，不可能是湿吻。

最凄美的吻，也一定不是湿吻。

有那么一天，女人躺在病床上，形容枯槁，嘴唇干裂，男人舍不得让她离去，情深地吻她一下，那个吻是干的，却是最温暖的吻。

男人每天上班之前，让女人吻一下，时间仓猝，只能轻轻来一个干吻，却是最温柔的吻，女人可以怀念一整天，男人也得到了一天的动力。

无可奈何地分手，无法共度余生，男人轻吻女人的脸，女人吻了吻男人的眼睛，离别的吻，总是干的，却是最凄美的吻。

吻的长度比湿度重要。

不必向往湿吻，湿吻只是前奏，必须有下一场戏，但是，一个干的、温暖的吻，本身已经包含一个故事。

最好的吻，不是唤起你欲念的吻，而是唤起你的爱、回忆和愧疚

的吻。

　　吻的温度比湿度重要。

　　一个好的吻，欲语还休，两张嘴巴虽然分开了，心里仍然留有余温。

　　只会湿吻而不会干吻的男人，太没品味，别让他吻你。

可怜的伴娘

　　婚礼上，少不了伴娘和伴郎，伴郎的作用不是在婚宴中代替新郎喝酒，他其实是新郎的诡计，让伴郎可以趁着这个机会接近伴娘和新娘的好姐妹。所以，在婚礼上，伴郎往往忙着照顾伴娘而不是新郎。

　　要是一个伴郎在婚宴上喝得醉醺醺，那不是因为他被人灌醉了，而是他没有看上伴娘和新娘的姐妹，或者没有被她们看上。这个时候，他只好喝酒解闷。

　　伴娘的作用，是用来使新娘显得好看，因此，伴娘比伴郎重要。

　　要是你三番四次被朋友邀请当伴娘，不要沮丧，这也许是你的朋友太自信或者很大方而已。

　　要是你从来没有被邀请当伴娘，也不要太高兴，也许只是你还没有一个要好到愿意让你当伴娘的朋友而已。

　　中学的时候，我有一位很要好的同学，一天，大家坐在一起发白日梦，她跟我说："将来我结婚的话，一定要找你当伴娘，因为我长得

比你漂亮。"

晴天霹雳的我，登时明白，女孩子的友谊是多么地脆弱。这件事，让我伤心了很久。后来她结婚，并没有找我当伴娘，再过了几年，我们在街上重逢，看到她容颜憔悴，不再漂亮，我心里竟然有点安慰。

相比起来，男孩子可爱得多了。他选伴郎，是选感情最好的朋友，他不介意他比他高大、英俊、富有，他从没想过需要他来衬托自己。可是，女人在自己可以嫁出去的那一天，还是不放心，她要找个伴娘来陪衬，提醒新郎，他是多么地幸运。

只能转变，不能改变

女孩子说："我愿意为他改变。"

说这句话，未免太不负责任，谁也不可能为谁改变。

为一个人改变，并不是什么感人肺腑的承诺，只是一种甜言蜜语而已。

如果有了爱情就可以改变，那么，很多恋人根本不用分手。

我们只能转变，不可能改变。

你跟一个男人相恋，受他影响，同时因为爱他，你反省自己的人生观、行为、习惯和价值观，你从他身上看到一番新的天地，是你从前看不见的。

你在他身上学到一些品质，是你本来没有的。你从他身上学懂了人情世故，你学会了关心别人，你学会了追求知识，你学会了上进，你学会了不去伤害一个爱你的人，你学会珍惜。

你本来是一只空的杯，现在装了大半杯水，你的世界和视野不同了，也因此，你的价值观、你待人接物、你的智慧，也跟从前不同了。

你没有改变,依然是一只杯,只是装了水。

你并不是刻意为他改变而改变,你只是长大了。人大了,自然会转变,你没为谁改变。

有谁可以不失望

　　新来的钟点家务助理突然提出要借薪水，而且要借一个月薪水。她说：

　　"你先给我钱，我一定会每个星期来替你工作。"

　　她说的时候，我不懂怎样拒绝她，她离去的时候，满心欢喜，以为我下星期会预支薪水给她。

　　我在考虑该不该给她，朋友说：

　　"当然不可以，别做坏规矩。"

　　"她下次来的时候，知道我不肯预支薪水给她，她会很失望。"我说。

　　朋友笑笑说："我们常常也失望，失望又怎样？有谁可以不失望？"

　　她做的工作，常常是花了很多工夫，到最后关头却很有可能谈不拢的，因此她的人生已经习惯了失望。

　　很惭愧，我很少失望，那不是因为我要什么有什么，而是我不会

让自己有机会失望。

　　没有把握的事，不要抱希望，那就不会失望。不了解那个人，那就不要请求他替你做些什么事情，不让他有机会拒绝你，你才不会失望。不要爱上一个看来不会爱上你的人，那就不用失望。有些失望是无可避免的，但是，大部分的失望，都是因为你高估了自己。

重量级的情话

重量级的情话也许不是"我爱你"，这三个字没有独特性，任何人都可以对另一个人说。

重量级的情话也不是《泰坦尼克号》里的那一句"答应我，纵使多么绝望，你也要生存下去"。这句话，说的人太多了，况且，不是每对情人都要面对生离死别的。

所谓举重若轻，重量级情话是那些听起来很轻松的情话。

他说："你脾气这么差劲，我到底为什么可以忍受你哦？而且还打算忍受一辈子。"

他说："你什么时候才会长大？才会变得世故一点？我不用再像袋鼠妈妈那样，把你放在口袋里保护你。"

他说："我就是喜欢你，你别管我。"

他说："你老了又怎样？我也会老的。"

他说："让我抱抱你，我不知道下次是什么时候。"

他说："我不想跟你吵架，因为我不想你不开心。"

　　他说："不喜欢上班就算了，我又不是养不起你，不过，你以后可能要少买几件衣服，少吃点。"

　　重量级的情话要轻得像一根羽毛，轻轻飘落在对方心里，却也压在她心头。

是倒楣还是恋爱？

纵使不迷信，你也不得不承认，某些人和某些物件，的确会带给你霉运。

有一年，朋友买了一块古董表，她头一次戴上那块手表便倒楣得不得了，她本来要把那块手表扔掉的，我却认为自己正在走运，我也不迷信，于是自告奋勇替她保管着。

谁知道，当我拿过她的手表，就像触了霉头，一连倒楣了好几天。那时我才想起可能是那块古董表的诅咒。难道是它从前的主人在作怪？从此以后，我连自己的首饰盒里唯一的一块古董表也不想再碰。

曾经有一天晚上，我穿着新买的裙子满心欢喜地出去吃饭，结果，那天晚上发生了很不如意的事。那天之后，再看到那条裙子，我已经不想穿了。那跟迷信无关，而是不想去碰触一段不快乐的回忆，更害怕历史重演。

假使带给你霉运的是物件，你还可以把它扔掉，万一他是个人，

那就比较伤脑筋了。

　　自从认识他之后，做什么事情都不顺利，头头碰着黑，难道要把他干掉，然后毁尸灭迹吗？唯一的办法，是离他远一点。

　　可惜，他是你爱的人，不容易摆脱。他说，他做什么都是为你好，然而，跟他一起之后，你从没清醒过，不知道得的多还是失的多。这到底是倒楣还是恋爱？

你给我天堂

给你天堂的，也给你地狱，能够给你快乐的那个人，也能够给你相同程度的痛苦。天堂和地狱并不是两个世界，而是一份套餐。今天有多少欢笑，日后就有多少眼泪。

你给我天堂，也给我地狱，是理所当然的。可有时候，却是：你给我天堂，我给你地狱。

你赐我以天堂，那样深爱着我，对我那样好，我偏偏以地狱回报你。

给你天堂的那个人，你也许不会永远怀念。给你地狱的那个，你

却会一辈子刻骨铭心。爱情或多或少有点虐与受虐的成分，只有天堂之爱，是不够刻骨铭心的。

当对方说："我从来没有为一个人流过这么多的眼泪。""从来没有人像你这样伤害我！""你令我太痛苦了！""爱你是很辛苦的！我不了解你！你到底爱不爱我？"说这些话的时候，就代表他已经在地狱了。

我们在感动和同情的当儿，不免也有点儿沾沾自喜。是吗？我真的给你地狱？我这么有吸引力吗？你不是哄我吧？

男人白老鼠

想知道食物有没有变坏，最安全的方法，就是找你身边那个男人试试看。

过期巧克力、过期罐头、前一天的剩菜、放在冰箱已经一个月的面包、上星期剩下的牛奶，凡此种种，你觉得已经变坏却不敢肯定，又不敢自己吃的，都可以叫他吃一口看看有没有变坏。男人的味蕾好像比较发达，而且善于下判断嘛。

他吃的时候，你可以在旁边留意他的表情。他的脸扭作一团，说："喔，变味了！"那么，你可以把食物扔进垃圾桶了。假如他面露微笑，很权威地说："没变。"那你就可以吃了。

想知道东西好不好吃，最安全的方法，也是让男人先吃一口。

他吃了一口，很委屈地说："难吃哦。"那你就不用吃了。他吃了一口，兴奋地说："很好吃哦！"那你就要他立刻让给你吃。

想知道水温，也是找男人先去试一下。他们比较有冒险精神嘛。游泳的时候，不知道游泳池里的水冷不冷，那么，也让他首先跳下

去。他跳到水里，拼命游了一会，浑身发抖，面青唇白，回头告诉你："很冷啊！"那你就不用跳下去了。

男人最可爱也最可敬的时刻，是他愿意走在你前面。无论前面是地雷阵，还是过期罐头，他抱着鞠躬尽瘁、死而后已的勇气为心爱的女人做白老鼠，我们能不感动吗？

战场上的亵衣

有哪个女人是从没拥有过一件亵衣的?

我有五件,黑的、白的、米色的,却只有其中一件穿过几次。买的时候,自己首先有了遐想,想象自己穿起来会有多么性感。可是,买回来之后,却用不着。

亵衣并不好穿,夏天太热了,只有在冬天,里面穿着它,外面套一件大毛衣,才会自我感觉良好。

最适合穿亵衣的场合,还是在家里,除非你要依靠这个谋生。

我的亵衣是买来看的,不穿也不会心痛。只要相信自己还能穿得下,便已经很满足。

有些女人的亵衣是用来守门口的。

不知道什么时候心血来潮,会想诱惑你,于是,抽屉里总是放着几件亵衣。

我不一定想诱惑你,但是,我想保留这个机会。

男人没有亵衣是多么地可惜? 还是做女人比较幸福。

　　亵衣不是战衣,可是,一旦穿上亵衣,便要有上战场的准备,成王败寇。当一个女人穿上亵衣走到心爱的男人面前,他竟然看了两眼便继续埋头工作,你不禁怀疑他,也怀疑自己。

我自己不买珠宝

很久以前有一个电视广告,广告里的几个女人在洗手间里炫耀身上的珠宝,大意是说,女人的珠宝也可以是自己买的。

可是,我是不会买珠宝给自己的,珠宝应该是情人送的。

我尊重自己买珠宝的女人,她们很会犒赏自己,只是我不会这样做罢了。我只有几枚戒指、几对耳环,跟大部分女人的收藏品比较,也都不算多。但是,那些都是我的宝贝,是生命中美好的回忆。

我不介意你送不起珠宝给我,那么,我们都不要买好了。总是觉得,假如我自己买钻石戒指,是对你的一种贬低。

我不热中买珠宝,然而,有时候我也会

被漂亮的珠宝迷惑,那个时候,我会不经意地在对方面前说。

"这枚钻石戒指真美啊。"或者说:"很想找一对漂亮的珍珠耳环,我就是喜欢这么简单朴素的首饰。"

男人听见了,都知道下一步应该怎样做,除非他吃了豹子胆。

珠宝是比生命悠长的东西,它或许会留给我的孩子,或许陪我一起长埋黄土,也许在我消逝之后代替我长伴我心爱的人。这一份期待,我想由我爱的人来实现,而不是我对自己的犒赏。

爱你有多深,如何能够说得具体?

年深日久,我们渐渐体会到

爱你有多深是我肯花多少心思为你安排。

女人为男人安排生活,

男人为女人安排快乐。

第三章

不想分手的理由

这是为了什么？

每当工作做累了，你也许会在心里问：

"这是为了什么？"

你可以少赚一点钱，过俭朴一点的生活，那就不用这么辛苦了。

假如不是为了钱，那又是为了什么？为了梦想？为了自命不凡？这有多么傻啊！

工作并不总是顺利，遇到挫折的时候，你又会问自己：

"这是为了什么？"

为什么不肯降低对自己的要求？为什么就不敷衍一下别人呢？人生苦短，何必为难自己？

遇到生气的事情，你咽下了那口气，却又禁不住问：

"这是为了什么？"

就是为了做一个好人吗？就是为了息事宁人？那真是太委屈自己了。

当你爱着一个人，他却没有像你爱他那样爱你，他总是让你伤心，你不禁问：

"这是为了什么？"

这就是爱情吗？总有一个人要付出多一些。

当你们好不容易才可以走在一起，相处时却有许多争执，灰心的时候，你问：

"这是为了什么？"

一生之中，我们会不停问这个问题，然后我们才发现，问完了，还是会继续。我们比自己所以为的要固执许多。

第三层牛奶

男人跟女人说：

"算了吧，我只是第三层的牛奶。"

我好奇，什么是第三层的牛奶？

原来，第一次挤出来的牛奶最浓；之后挤出来的，拿去做奶酪；最后挤的最稀，就是我们喝的鲜牛奶。

他自嘲是第三层的牛奶，因为他喜欢的那个女人把他放在第三位。第一位，是她的旧男友，第二位，是她的工作，他只排第三。她对旧男友念念不忘，分手好几年了，她仍然深信他是她遇过最好的男人，没有任何人可以代替他，她也不会让任何人进入她的内心深处。为了把他永存在自己心里，她把大部分的精力和时间放在工作上，这样的话，就不会有任何男人可以取代他。

她天真地相信，她只要努力闯出名气，有一天，旧男友会在报纸上看到她的名字。那个时候，她也许已经贵为某集团的总裁了。

至于这位"第三层牛奶"，当她寂寞时，她会想起他。他很好，是

个聊天和谈心事的好对象。她很清楚他的心意,但他终究不是她想

要的那个人。

　　谁不渴望成为第一层牛奶和得到第一层牛奶?

　　沦为第三层牛奶和只能得到第三层牛奶的人,同样悲苦。

情人的遗物

　　遗物不一定是死人留下来的东西，遗物可以是你前度女朋友或前度男朋友留下的东西。如果你对他念念不忘，当然不会扔掉他留下的东西，问题是你已经不爱他，他留下的东西，如同鸡肋，食之无味，弃之可惜。

　　除了珠宝、首饰、腕表这些贵重物品不会还给他之外，实用的物品，像他买的电视机、音响、微波炉，也用不着还给他。衣服鞋子更不用还，他要来有什么用？

　　除了这几样遗物，剩下来的也许是情信、宠物、两个人的照片、书、唱片……

　　宠物总不能拿去人道毁灭吧？

　　情信比较麻烦，弃掉可惜，留下来却很容易被将来的恋人发现，可以去芜存菁，写得好的留下来，写得不好的扔掉算了。

　　他是作家，那就千万不要扔掉他的情信，有天他红了，拿了文学奖，这些情信可珍贵了。

　　两个人的合影,不喜欢的话,撕掉他那一半好了。

　　你说:"撕掉两个人的照片会不会太小器?"

　　哪里小器?真不了解女人,虽然再也不想见到他,但那张照片里的自己真美,当然要留下来。

四个必须穿得好的场合

有四个场合，必须穿得好——第一次约会、分手、结婚、离婚。

所谓好，是要低调地好。第一次约会，要给对方留下美好印象，又不能让对方以为你很在乎，那就别穿得太隆重，可也不要太随便。

不爱他了，想和他分手，那一天，要穿得好看些，让对方留下难以忘怀的最后印象。

分手时，穿得好看些，也是对恋人的一份尊重。

结婚穿得好，那是理所当然的。万一结婚时穿得不好，离婚时也一定要好。

某才子跟妻子办理离婚手续的当天，特地穿上西装，结上妻子从前送给他的一条领

带,情深款款地在离婚书上签上大名,并对前妻说:

"你是我今生最爱的女人,你叫我做什么我都会做,包括离婚。"

真情也好,假意也好,在离婚当天穿上对方所送的衣服,必定可以刺痛对方的心,除非她一点良心也没有。

假若你是提出离婚的那一个,那就请不要穿上对方送你的衣服,这是落井下石,也不要穿得花枝招展,对方会以为你在示威。

离婚和分手时尽量穿得低调,是风度,也是厚道。

亡夫的礼物

五十岁生日那天,她收到亡夫的礼物。他知道太太很期待五十岁的生日,所以,当他知道自己不久于人世时,他提早把礼物交给哥哥,请他到时候送给她。

他在太太五十岁生日的半年前逝世,半年后,她收到亡夫送的一束鲜花、一只绿宝石手镯和一张写着"亲爱的,我爱你"的生日卡。

人死了,情意不死。

恋人之间常常会问对方:

"你爱我吗? 你爱我有多深? "

爱你有多深,如何能够说得具体?

年深日久,我们渐渐体会到爱你有多深是我肯花多少心思为你安排。女人为男人安排生活,男人为女人安排快乐。

不是以我的喜恶为你安排,而是以你的喜恶为你安排。我们都知道,女人从来都比男人重视生日,这位深情的丈夫临终前为太太安排的生日礼物,是从她的快乐出发。

　　他多可恶啊！在她五十岁生日那天害她哭惨了。当他自知时日无多，他想着的却是她五十岁的生日礼物，手镯和花都是她喜欢的。

　　深沉的爱，原来不是至死不渝，是死后也不渝。

富贵来催促

女星未踏入影圈前是有钱太太，她说，那时每天不是打麻将就是逛街买东西。离婚之后，钱也没有了，那段日子，最使她难受的是接到时装店打来的电话，相熟的售货员在电话那一头说：

"到了很多新货，你快来看看。"

她唯唯诺诺，三天不去，对方又打电话来催她说："怎么还不来？在忙吗？我们的新货很漂亮哦，帮你留着呢。"

原来，孑然一身的时候，最难堪的，不是猪朋狗友都跑掉了，也不是遭人白眼，而是往日的富贵不时来提醒你、催促你。

华衣美服本来是可有可无的事，少穿一件名牌，不会冷着，有钱的时候，这一切却变成必需品。女人尽情去买，每天大包小包带回家，还千叮万嘱时装店新货一到要立即通知她，要是店员忘了，害她

买不到心头好，她也许会生气，对方只好连忙赔不是，想方设法把本来留给别人的衣服先让给她。那些日子多骄纵啊。

　　女人忘记了，她得享的奢华和礼遇，是她背后的男人给她的，一旦离开了男人，便什么都没有，往日的富贵，都变成今天的寒伧。

换不到的血

她单恋着一个自负的男人。

"我像你说的那样，把他的缺点尽量放大，使自己不爱他。我找到他的缺点了，他的缺点就是'他不爱我'，我好像渐渐可以忘记他了，不像从前，每晚睡着之前偷偷在心里喊他的名字，告诉他我爱他。我以为我做到了，可是，只要一看到他，我竟然很没出息地把他的缺点全都忘得一干二净。"

"他不爱我"这个缺点还不够差劲吗？

我们爱着的人，总是会有缺点，他脾气不好、他不细心、他冲动、任性、他大男人、他工作狂，但是，因为他爱我，所以我可以说服自己、催眠自己接受他所有的缺点，并相信那是他生命的一部分，是在他身上流着的血。

因为他爱我，有什么优点比这个优点更大？

然而，他纵有千百个优点，他不爱我，他还有什么优点可言？这是一个你永远无法催眠自己去接受的缺点。

他身上流着不爱你的血，
你如何可以强行替他换血？
一个人最大的缺点不是自
私、多情、野蛮、任性，而是偏执
地爱一个不爱自己的人。

舔伤口的电话

有的时候，当你终于鼓起勇气拿起电话打给某个人，心里却也许会希望电话那一头没人接。

拨通一个电话号码，并不是为了听到他的声音，只是想做这事，想要了却一个卑微的心愿，想要觉得自己勇敢。有的时候，甚至明知道他这个时间多半不在家，你才会打电话给他。

"我已经打过了，只是他不在。"我们这样自欺欺人。

爱过一个人，当然很清楚他每天的时间表，偏偏选择他不在的时候打给他，只是想听听电话接通了的铃声。

一串熟悉的铃声，深夜时分，在他家里，空虚地呼唤着，宛如一声声哀鸣。你想听到的，不过是这一串哀鸣，你想做的，不过是独自舔伤口。最好他不在，万一他突然拿起话筒，你也许会说不出话来。

　　可是,自从有了来电显示服务,我们再也不敢打出一通不希望对方接听的电话。即使已经把电话号码保密,他难道会猜不到是你吗? 这时间,除了你还能是谁?

　　这样的电话再也不能打了,从今以后,还有什么方法舔伤口?

已成过去

时间会使悲剧变成喜剧，爱情悲剧亦然。

日本女星叶月里绪菜当年与男星真田广之发生不伦之恋，男方备受压力，公开宣布回到元配身边。叶月里绪菜变成"魔性之女"，千夫所指，几个原本打算起用她任女主角的广告也临阵换人，叶月里绪菜无惧失去一切，公开爱的宣言，表示无论如何不会离开真田广之。

被认为不要脸的"二奶宣言"震惊艺坛，可是，真田广之终究受不住压力，断然离开情人，回到元配身边。叶月里绪菜斯人独憔悴。

当大家还以为她会意志消沉，没想到，不足一年，她已经跟棒球巨星铃木一郎相恋。

这一回，他是个单身男人，她得以名正言顺，公开回答记者关于她恋情的提问。

有记者问："真田广之呢？"

她爽快地回答："已成过去。"

你以为不可失去的男人，原来并非不可失去。你流干了眼泪，自

有另一个人逗你欢笑。你伤心欲绝，然后发现，不爱你的人，不值得你为他伤心。

每一个失恋者都曾凄然说过："我以后不会再这么爱一个人了。"

今天回首，何尝不是一出喜剧？

情尽时，自有另一番新世界，所有的悲哀，都不过是历史。

最凄绝的距离

我们都知道距离往往使爱情更缠绵，却没有人知道，这个距离应该有多远或多近。

距离太远，相隔半个地球，只能借着回忆滋养爱情，还要忍受寂寞、孤单和各种诱惑，爱情也许终究会败于距离。

距离太近，住在一块，每天见面，每晚同睡，或许早晚会觉得无法呼吸，也无暇去想念回忆里最甜蜜的片段。爱情终于也会败于距离。

适当的距离和适当的情人一样难求。

你寻寻觅觅，以为是对了，却依然是错。

世上最凄绝的距离是两个人本来距离很远，互不相识，忽然有一天，他们相识、相爱，距离变得很近。然后有一天，不再相爱了，本来很近的两个人，重又变得很远，甚至比以前更远。即使偶尔在街上碰到，也仿佛相隔了半个地球。

爱情中最刺激的元素，并不是冷淡，而是适当的冷淡。

　　适当的冷淡就是适当的距离。

　　爱情中最伤感的时刻却是后期的冷淡，一个曾经那么爱你的
人，忽然离你很远，咫尺之隔，却是天涯。

等的时候已失去

西班牙一条名叫卡洛的狗儿，七年来一直守候在医院外面，等着它的主人，它不知道，它的主人七年前因为心脏病发在医院死了。

卡洛到底是不知道它的主人已经死了，还是虽然它知道却希望奇迹会出现，因此七年来风雨不改在医院外面等着？

加西亚·马尔克斯有一个短篇小说，名叫《你滴在雪上的血痕》，一对金童玉女般的新婚夫妇从马德里到巴黎度蜜月，年轻的太太被玫瑰刺伤了左手无名指，一路上，伤口不停流血，两个人一直以为只是小事。直到一天，两个人来到市中心，丈夫决定把太太送到医院给医生看看，医生看了看她的伤口，坚持要她留院治疗，又吩咐做丈夫的六天之后回来。丈夫只好留下太太独自离开医院。为了方便照顾她，他没有住进早已预订了房间的那幢酒店，而是住进医院拐角的一家小旅馆。

几天之后，他回到医院，却找不着那位医生，也找不到自己的太太。离开医院之后，他迷路了，独个儿在街上走了很久。六天之后，他

依约回到医院,医生问他这几天跑哪里去了,医生告诉他,他太太留院第二天就因为流血不止死亡,临终前,她请求医护人员到酒店找她丈夫。他们找不到他,因为这位丈夫并没有住进酒店。他曾在医院外面等着,却不知道他爱着的人也在找他。

最凄凉、最弄人的不是你知道失去所爱的那一刻,而是你满怀希望地等着,还不知道已经失去。

竟是别离

你上一次分手是在哪里？在这个都市里，最热门的分手地点也许是地铁站、KTV、餐厅或者家里。这些地方太多人选择用来分手，太平凡了。

分手是最后一幕，比开场更重要，多情的人，是不会甘心在这些地方分手的。

一个男人在北爱尔兰一个小镇的码头跟女人分手。他要回到未婚妻身边，她和他在这个小镇上度过最后的日子，然后，她送他到码头。

烟波渺渺，他站在船上跟她告别，她说："我会永远记着你。"这是她跟他说的最后一句话。

船到岸之后，他搭夜车到伦敦希斯罗机场接他从香港来的未婚妻。事隔十二年，他依然忘不了这一次分手。

码头——船——夜车——伦敦——机场，是那样苍凉而伤感。码头、车站和机场是离别的地方，船和夜车孤独，情人和未婚妻在同

一天出现，一切一切，都使离别刻骨铭心。

令景物变得凄迷的，是欲断难断和来生不复再见的伤感。没有嚎哭，没有责难，没有怨恨，只是无法永恒。最刻骨铭心的是我仍然爱着你。

告别的一幕，营养着一段逝去的爱情，因为告别得好，爱情得以永存。

令爱永恒的，竟是别离。

他曾经是
一个多么好的听众

当女人滔滔不绝跟男人说着今天发生的事、她的工作、她的闺蜜，男人好像在听，却也许只是假装他在听。

女人投诉："你没听我说话。"

男人狡辩："我在听。"

"那我刚才说到哪里？"

男人哑了。

不要期望男人每一次都会耐心听你说话，会好想知道你今天在办公室跟谁吵架了，会喜欢听你和你的闺蜜今天做过些什么。女人一说话，男人就灵魂出窍，尤其当这个男人已经是你男朋友或者丈夫。

男人唯一肯耐心听女人说话的时候，是她还不是他女朋友的时候。

　　那时候，男人总是乐于听女人告诉他今天发生的每件小事，他也喜欢听她和她的闺蜜都说什么，他更会讨好她说："她们会妒忌你吗？你比她们都漂亮，也比她们可爱和聪明。"那时候，当她告诉他工作上的事情，他会教她很多。

　　那个时候，男人是一个多么好的听众。

　　当他不再专心听你说话，你就知道，他心里已经把你当做女朋友，或者，你已经是他太太。

最苍凉的季节

　　谁会喜欢潮湿郁闷的春天？除非，你的恋爱刚好在春天发生，你才会独排众议，喜欢春雨绵绵的日子。

　　有了爱，四季才有特色。

　　她三段爱情都在夏天发生，她因此深信，她第四段爱情和第四个男人也将在一个迷人的夏日出现。她却忘了，过去三段在夏日开始的恋情都以分手结束。也许，在其余三个季节出现的，才是她的真命天子。

　　一个男人曾经跟我说："秋天结婚最好。"胖胖的、怕热而又爱美的他说，秋天可以穿上漂亮的礼服也不怕流汗。几年之后，他果然在秋天结婚，却在下一个秋天来临之前离婚。我从没见过一个像他那样憧憬婚礼的男人，他只是想在三十六岁之前、在秋天里，结一次婚，对象是谁好像也无所谓。

　　四季之中，在冬天开始的恋爱会不会比较踏实？夏天是情欲高涨的季节，女人穿得那么少，男人根本分不清自己是欲火焚身还是

想谈恋爱。炎炎夏日，情与欲也分不开，不太可靠。

到了冬天，人们需要的是一段温暖的感情。找个男人过冬，也想他是个健康温暖、沉实可靠的男人。凉薄的男人，怎适合过冬？

然而，最苍凉的季节，必然是你被恋人抛弃的那个季节。

只想坐在角落里

每次走进一间餐厅，你会坐在哪个位置？

大部分人都会选择坐在角落里，餐厅的角落总是首先被人坐满的。

坐在角落里，也许是我们天生的防卫本能。

晚上一个人孤零零在外头吃饭，当然宁愿坐在一角，冷眼看着他人，却又不被其他人看到你那么寂寞。

被约到餐厅里谈分手，听着对方残忍地说："我不爱你了。"你流着眼泪，哀求他再给大家一次机会，他说对不起，不可以。他撇下你走了，你独个儿躲在餐厅的角落里擦眼泪，直到把眼泪擦干了才起身离开。

明知道是来分手的，你当然会选择坐在角落里，而不是坐在中央，让餐厅里所有的人都看着你被甩。

约了多年不见的旧情人见面，你对他还有一丝情意，那么，当然也是坐在角落里。角落的灯光比较暗，他不容易察觉到岁月在你脸

上留下的痕迹，他会惊讶你依然那么漂亮，说不定还会后悔当初离开你。

　　偷情或者谈情，自然也要坐到角落，情到浓时，可以轻轻吻他一下，说些甜蜜的情话。

　　角落里，上演着多少悲欢离合的故事？

阴魂不散的
野鬼

阴魂不散的男人是最可怕的。

和他分手已经两年零八个月了，他仍然不肯死心，每隔几天就打电话给你求你跟他复合，每半个月就来找你，求你回到他身边。

为了避开他，你不惜把工作辞掉、搬家、换过电话号码，可惜，无论你多么努力，他还是有本事找到你。

你找到一份新的工作，以为从此可以避开他，谁知道有一天，他的电话突然打到你的办公室来，吓了你一跳。神通广大的他，一听到你的声音，差点儿就喜极而泣，好像为他再次逮到你而高兴。

你冷冷地问他找你有什么事，他竟然可以若无其事约你见面，好像你和他根本就没有分手。你拒绝了，他可怜兮兮地说：

"那我迟些再找你，但是不要忘记，我仍然爱着你。"

这种男人，即使你跟他再说一千遍你和他已经完了，他也听不进去，他总是一厢情愿地认为你会被他的痴心感动。

你偏偏不感动，终于，有很长一段日子，他没有再找你。要是你

以为他终于死心,你也未免高兴得太早。他蛰伏一段日子又会扑出来,吓你一跳,像极了阴魂不散的孤魂野鬼。

你数数日子,和他分手已经三年零四个月,他无论如何也应该死心了吧?不,他依然阴魂不散。每年你的生日、圣诞、新年,你首先收到的,不是你男朋友的祝福,而是这个阴魂酸溜溜的一句:

"希望你快乐,请你不要忘记,我仍然是爱你的。"

他不会伤害你,他也不是厉鬼,不会跟你同归于尽。他只是一只没有气力投胎的孤魂野鬼,他会一直跟着你。

在他找到另外一个可以托付的肉身之前,他只会苦苦缠住你。世上最希望他投胎的,大概就是你了。只有当他找到另一段爱情,再世为人,他的阴魂才会放过你。

溺水的救生员

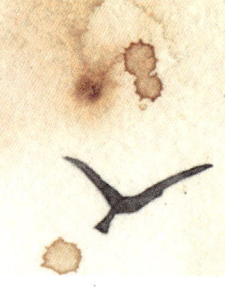

　　那个滂沱大雨的晚上，一个救生员打电话到电台节目里告诉我，他最害怕的，是失去现在的太太。

　　他亡妻患了骨癌逝世。在她最后的岁月里，他衣不解带地照顾她，看着她的身体一天一天衰败，先是眼睛不行了，接着，鼻子也塌下来，最后，手和脚都不行了。弥留之际，她吃下他亲手喂的药，虚弱地握着他的手，告诉他，她爱他。

　　他失去了她，从此以后，他很害怕再失去身边的人。

　　他遇到现在这位太太，她同情他、安慰他、爱他。他很害怕失去她，他无法忍受再度有一个女人从他生命中消失，于是，他非常紧张她，对她无微不至，寸步不离，事无大小也要过问。

　　她实在受不了了，结婚两个月就跑回娘家，嚷着要跟他离婚。

这天晚上，他在电话里向一个陌生人倾诉，他害怕失去她，害怕孤单和寂寞。

其他人也许不明白，他是救生员，有一些道理，他应该明白。

人在溺水时是最狼狈的，这时候，谁要是跳下水里救他，他也会拼命抓住那个人。那个好心救他的人，也许会被他拉下水里，跟他同归于尽。我们学习拯溺，遇到这种人，有时甚至要把他推开，制服他，然后才救他。否则，两个人都可能活不了。

救生员先生是否明白，这一刻，他就是那个溺水的人？他不想失去生命，便要先放手。他想被人救起，便要相信那个愿意救他的人。

愈害怕失去，愈容易失去，愈想得到，愈要放手。放手是很难的，但是，别无选择。

让人伤心的人肉电暖炉

女孩问我，有什么方法可以把被窝变暖？

最暖的方法是在被窝里放一台人肉电暖炉，这种暖炉不会使人皮肤干燥，也可以抱在怀里，唯一的缺点是这台人肉电暖炉可能会打鼾，而且，他有两条腿。

她本来有一台人肉电暖炉，他每天晚上抱着她，用他的体温温暖她的身体，他把她紧紧抱在怀里，替她捂脚，温柔地问她："暖些了吗？"

后来的一天，这台有两条腿的人肉电暖炉走了，她的被窝从此变得冷冰冰。睡觉之前，她得先用吹风机把被窝和自己的一双手、一双脚吹暖。漫长的冬夜，她好想念她的人肉电暖炉，可惜，他不会回来了。

要是没有人肉电暖炉，不如养一条长毛大狗吧。抱着狗儿，压根儿就像抱着一个暖水袋，这个狗儿暖水袋比人肉电暖炉好，它虽然有四条腿，却不会逃走，它只害怕你不肯让它睡到你的床上。它的身

体比男人更暖，或许会发出梦呓，却不会打鼾。睡醒之后，狗儿不会有口气，更不会在你睡着的时候骚扰你。

这个狗儿暖水袋最可爱的是它不会半夜起来穿上裤子回家去。

狗儿唯一做不到的是把你抱在臂弯里，问你："暖些了吗？"假如它会这么说，那才可怕。

我们所追寻的，原来就是这一点点差别，他会喃喃问："暖些了吗？"就是这句话最暖，可惜，他还会说很多让人伤心的话。

飞驰风雨中

这天晚上下了一场大雷雨，下雨的时候，好想开车出去看看，但是想想也许太危险了，只好作罢。打电话给一个朋友，他说：

"大风雨的时候开车出去看风，那感觉挺好的。我还记得几年前有天晚上刮十号风球，我开车在路上狂飙，可痛快了！"

我问他："现在遇到大风雨还会这样做吗？"

"不了，危险哦。"他说。

那时候他不觉得危险，只因为哀伤。

　　人有解不开的感情死结，郁郁在心中，刚好遇上一场大风雨，也就有很好的借口去冒一次险。那些危险和心中的痛楚相比，也就变得微不足道。飞驰风雨中，或许就能把哀伤甩在后头。

　　打风的时候，其实应该留在一个安全的地方。什么地方最安全？家不一定安全。原来，没有痛苦的地方最安全，否则，宁愿飞驰风雨中。他不再冒险，只因为没有痛楚再需要对骤来的风雨泣诉。

错误的背叛

她说，事隔五年，她还是无法忘记一个男人。他不是她的初恋情人，也不是肯为她赴汤蹈火的人，他是她最对不起的人。五年前，她为了另一个男人而离开他。

她每年一次在旧朋友的聚会中碰到他，每次见面，他总是嘻嘻哈哈的，好像事情已经过去了，她却无法释怀。回家的路上，她很落寞。虽然明白不应该迷恋过去，但她无法控制自己不去想他。她跟男朋友的真心对话愈来愈少，她说，这也许是惩罚，因为她五年前背叛了一个人。

她说，她无法释放心中的罪恶感，她想知道是否应该找他出来，说些什么或者至少做些什么表示她的歉意。

事情既然已经过去了，说些什么或者做些什么也是没有意思的吧？对方也许已经放下了，他已经有别人了，而今再说些什么也是不必要的，自责只是自寻烦恼。你觉得对不起他，只是因为你背叛他而选择了另一个男人，这个男人今天与你的关系却愈来愈平淡，你后悔了，是吗？我们落寞，是因为某年某天一个错误的背叛。

就是要和你发生关系

一个女演员在访问里说,当她爱上一个男人,即使分手了,她无论如何也要想办法跟他发生一点关系,譬如是问他借点钱。他成了她的债主,那么,两个人总算是仍然有点关系。这种痴心,真是天可怜见。

爱的反面不是恨,而是冷漠。恨,毕竟也是和对方有点关系;冷漠,却是断绝一切。

我不会向分手的男朋友借钱,怕他看不起我。况且,世上又有多少男人会超脱得明白分手的情人向他借钱是舍不得他?

曾经相爱,不已经是一种永远的关系吗? 其他一切,都是不必要的。

从前太年轻,不懂处理分手,于是,总是认为旧情人是没可能成为朋友的。今天才发现,只要大家曾经真心付出,只要在分手的时候你曾努力不去伤害对方,要成为朋友,并不是没有可能的。

真正的爱,是相信你爱的那个人也有追求幸福和逃避痛苦的权

利。既然我不能让你幸福，我会放手。我要和你发生的关系，早已经发生了。

往事湮远，旧爱却是无可代替的。你可以随时召唤我，而我也希望我有这个权利。

不会太早，也不太迟

著名女伶在接受电影奖项时发表的谢辞赢得了全场的掌声，她说："世事往往很奇妙，不是来得太早就是太迟。"

美好的东西总是没有在适当的时候来到，这是大部分人的遗憾。可是，什么时候才是适当的时候？

我们都是贪婪的，总希望同时拥有一切，总希望时间表是由我来订的。可惜，迟或早，根本不是我们去选择。

工作上，我们不是忙得喘不过气来便是清闲得要命。忙与闲，从来都是不平均的。

我们或许都听过所爱的人说："我们相遇得太迟了。"我们也曾对自己不爱的人说："太早认识你了，假如晚一点相遇，也许我会比现在懂得欣赏你。"

假如我们能够退一步去审视生命中的每一个时刻，或许会有另一番领悟。

我们在这个时刻相爱，看似太迟，却是适当的时候，因为你来迟

了，我才懂得珍惜。所有炽热的激情都是因为一切好像都太晚了。然而，假如你来早了一步，我也许不会那么爱你。

世事其实都在它适当的时候降临，只是我们没有适当的心情去迎接它。

Last Order

许多年前写的长篇小说 *Channel A* 有一个经常出现的场景是星巴克(Starbucks)。为了寻找星巴克的感觉,喝咖啡会拉肚子的我白天去过两次,喝的是星冰乐(Frappuccino)。后来的一天晚上,我想看看夜晚的星巴克,那时已经过了十一点钟,我走进铜锣湾希慎道当时香港第一家星巴克,店里挤满了人,我站在柜台前面,犹豫着要喝点什么,店员微笑等着我,三心两意的我,一时之间还是无法决定。

就在这时,所有店员排成一列,同声喊道:

"Last order!"

我知道不枉此行了。回去之后,小说里的其中一段便是和last order有关的。

上馆子的时候,我们都听过服务生说:"我们last order了,还需要来点什么吗?"可是,从来没有一声last order像我在星巴克听到的那么震撼我的心。

爱情也有last order的时候吧？你要把last order留给谁？

拖延着一段已经腐坏的感情，错过了last order，你便永远失去这最后的机会。

你现在没法和我在一起，好吧，当last order到了，我会告诉你，我也有自己的last order，到时候便不等你了。

人生也有last order的时候，你还需要来点什么吗？很讽刺地，我想要能够last，能够长久的东西。

要他死，还是要他活？

假如可以让你选择，你宁愿你爱的那个人在最爱你的时候死去，还是活着回来却再也没那么爱你，甚至不再爱你？

我们也许都会选择后者吧？

他在最爱我的时候死去；那么，他永远也不会变心。无论多少年了，这段爱情也会是最刻骨铭心的。因为他死了，我们的爱情也就没机会败给岁月，他在我心里永存。

假使他活着，却没那么爱我，那是不完美的，因为他曾经是很爱我的。

他活下来了，却不再爱我，我也将永远失去他。

然而，任何在意外或是疾病中死去的人，深爱着他的那个人，必然也宁愿他活着回来却不再爱自己。

只要他复活，我宁愿他不爱我，甚至从来没有爱过我。

我们甘心情愿用爱情去换一条生命。

只要他一息尚存，我的爱，是微不足道的，随时可以舍弃。

只是，即使多么愿意，爱情也换不回一条生命。

失败的刽子手

内疚，往往是因为事情在我们意料之外。

提出分手的时候，你问：

"你会恨我吗？"

他流着泪说：

"我是不会恨你的。"

那一刻，你哭了。

要是他说："是的，我恨你！"你反而会好过一点。

说分手之前，你以为他会发疯，他会纠缠，甚至会伤害你，然而，他却平静地说，他心里并不恨你。

132

本来已经决绝地要分手，也准备承受一切的后果，谁知道他是那么地善良，你忽而心软了。放弃一个这么好的男人，是不是太可惜了？

你很想问他："你为什么这样爱我？"可是，你很快就发现，这个问题太愚蠢。爱一个人，是没有理由的。

在你要分手的时候，他尤其爱你。

他以无限的爱来让你内疚。你本来已经准备好当一个残忍的刽子手，提刀的那一刻，却忘不了他回眸的泪光。虽然你明白，内疚和爱是不一样的，内疚是因为过去的感情，你所看到的将来，却是黯淡的。

可惜，你从来不是厉害的刽子手。第一流的高手，才不会看那垂死的人一眼。

旅途上的日子

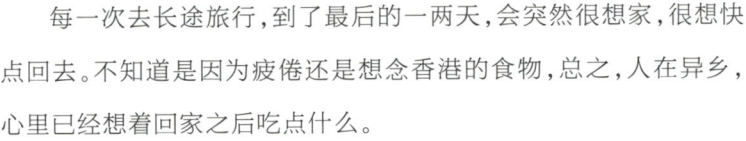

　　每一次去长途旅行，到了最后的一两天，会突然很想家，很想快点回去。不知道是因为疲倦还是想念香港的食物，总之，人在异乡，心里已经想着回家之后吃点什么。

　　可是，回家一段日子之后，又会怀念那一趟长途旅行，渴望什么时候可以再去一次。

　　旅行的人，是不是都会这样？

　　那年在意大利旅行，最后的一顿饭是在罗马吃的。我突然很想吃中国菜。吃了许多意大利菜，虽然好吃，却也吃腻了，只想吃一顿清淡的中国菜，管它是广东菜还是台湾菜。

　　结果，在一家台湾人开的中国餐馆里，我吃了一顿不怎么好吃的中菜。那是我自己选择的，没得抱怨。

　　回来之后，却有点后悔当时没去吃意大利菜。罗马那么远，不知道什么时候会再去一次。在昏天暗地的忙碌中，越发怀念旅途上的日子。

　　在旅途上渴望踏上归途。归来了，却又渴望再一次踏上旅途。什么时候，可以抛下一切，休假一年，书也不写了？只是，这一刻，还有太多放不下的东西，又怕自己在旅途上想家。

　　人总是在日子消逝之后才深深地缅怀，旅程如是，爱情如是，甚至是友情，好像也是从前的比较美好。那些一去不回的，往往最教人心驰神往。下一次旅行，想必又是在消逝之后更怀念。

有足够任性的钱

什么时候,你觉得有钱真好?

曾经有一天,一觉醒来,心情很坏,很想马上离开香港,一个人跑到老远的地方去,于是打电话给旅行社,要他们替我订一张去东京的机票和酒店,并且说:"我三天之后就要走。"

机票很快订好了,我想要的酒店没房间,惟有住另一间。但是,我总算可以离开。那一刻,是我第一次感觉到有钱真好。

从来没有羡慕过别人的粉红钻石,也没有羡慕过别人的山顶豪宅。看到人家坐在劳斯莱斯里,也没有觉得有钱真好。

当我想离开,而又有足够的金钱去一个地方。在那个地方不用节衣缩食,住一年半载也不成问题,这才是我心中的富裕。

假如只是有钱买一张车票去穷乡僻壤躲起来,那我当然不觉得有钱真好。什么时候想走,马上就可以动身,天涯海角,生活质素不会下降,不用担心会丢掉工作,也不担心会把积蓄花光。

在旅途上,为了对自己好一点,可以随意地吃,随意地买。这样

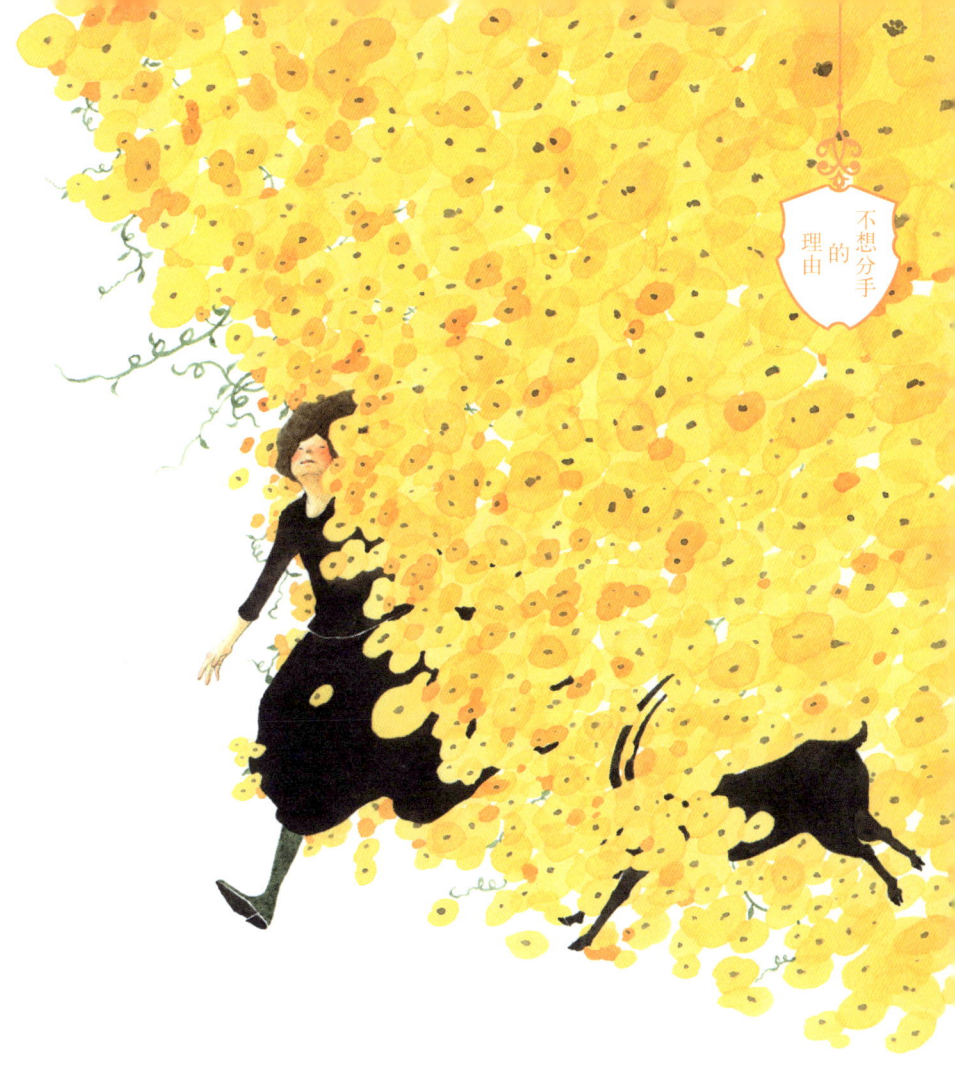

的人，才是金钱的主人。

金钱太可爱了，它偶尔可以用来治疗沮丧和悲伤。没钱也可以幸福，有钱却不一定幸福。然而，有足够任性的钱，那是我所向往的其中一种幸福。

十年生命的誓言

　　你曾经许过这种誓言吗？当你爱上一个不可能的人，你愿意用十年的生命去换取那个可能性。

　　那个时候，你一定还很年轻，有许多个十年可以慷慨而无悔地拿出来换取你爱的东西。

　　你爱他，他也爱你，可惜他不能跟你一起，你默默向上苍起誓：

　　"我愿意用十年的生命来交换他。"

　　用生命去换取一个可能性，那是多么沉痛而又天真的爱？

　　可是，上苍从来没有垂听这种誓言。没有人能用生命去换爱情。十年换不到一天。

　　况且，上苍早就知道，我们并非十分慷慨。我们愿意拿出十年，是生命中最后的十年。活到一把年纪，最后的十年不过是一笔花红，我们只是牺牲那一笔花红，不算伟大。我们自以为爱得深沉，其实还是很吝啬。假如那十年是要在青春岁月中拿走，又有多少人真的愿意？

当你年纪再大一点，你再也不会舍得用生命中的十年来换取一个可能性。你只会愿意用那十年来换回逝去的青春。

妈妈的问题

　　许多人天不怕,地不怕,最怕妈妈的问题。

　　堂堂男子汉,不怕应付事业上的挑战,不怕处理任何大场面,却怕回家吃饭时妈妈问:"你什么时候结婚?""你有没有女朋友?""什么时候带女朋友回来给我看看?"

　　几十岁的男人,不怕老婆唠叨,不怕上司挑剔,最怕妈妈不时问:"你们什么时候给我添个孙子?""你们打算要孩子吗?""不生孩子,是你们哪一个的决定?是她吗?""不要孩子,就不怕老了没人照顾吗?"

　　独居男人不怕别人误会他是同性恋,不怕女朋友逼婚,却怕妈妈常常打电话来问:"我炖了汤,拿来给你好不好?""我拿给你的汤,你喝了没?""不舒服有没有看医生?为什么不看医生?有没有吃药?为什么病了也不吃药?"

　　单身女人不怕坏男人,不怕色狼,却怕妈妈问:"有没有男朋友?""有喜欢的人吗?""什么时候带他回来吃顿饭?""你有没有

认真地想要找个归宿？"

　　妈妈的问题，总是教人无力招架。我们什么也不怕，就是怕了她

的问题。

无性外遇

据说现在流行无性外遇。

所谓无性外遇就是与恋人以外的异性感情要好，无所不谈，像情侣一样，只是没有性生活。没有性，也就没有罪疚感。无性外遇正好用来调剂婚姻和滋润爱情，有些心事，我们的确只想跟我们的无性外遇说。

要是无性外遇真的流行起来，居功至伟的应该是女人。我不相信男人喜欢无性外遇，他们终究还是希望跟外遇有性关系的，至于后果，他们倒没有想清楚。

男人接受无性外遇，那是因为女人不肯。

女人最需要的是被爱而不是性，她欣赏一个爱她的男人多于一个只想跟她上床的男人。有些男人的确是很好的聊天对象，也是很好的谈心对象，与之生活和与之恋爱却又是另一回事。

有些男人是相逢太晚，为了对自己的男人忠心，女人也只能把他界定为无性外遇。

　　女人宁愿把这个男人变成蓝颜知己，她知道，一旦跟他上了床，关系就不一样了。

　　假如只想得到一个男人的爱与关怀，而并不爱他，最好的方法当然是婉拒他任何进一步的要求，把他变成不上床的外遇，因为还有梦，他才会一直留在你身边。

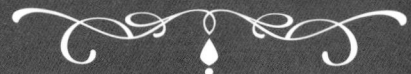

他早已经在你的时间里安然等待，
无所谓过去或现在。
一天，在重重叠叠的时光里，
你们终于不再只是陌路人。
从前是伏笔，今天是高潮，
这是一出无法不上演的戏。

第四章

不要思考
爱情

身上的老小孩

每个人身上都有一部分是永远长不大的。

无论年纪多大了，那不肯长大的一部分，永远停留在它原本的岁数，无视光阴的流逝。

你或许认识一些人，他们都是大人了，做事很成熟，性格甚至有点算计、有点狡诈，可是，他们有时却会幼稚得让人发笑，他怎么可能既算计又幼稚呢？也许他根本看不见自己幼稚的那一面。

有的人一直扮演保护别人的角色，他很会照顾人，很聪明，朋友有什么事都爱请教他。可有时候他却会脆弱得像个孩子，也希望人家把他当作孩子。

有的人长到十四岁之后就没有再长大了，不是不肯长大，而是没机会长大。

当你一帆风顺，你是不会长大的。

当你不肯思考，你也没法长大。

长大有什么好呢？除了自由之外，你失去很多。

我们留着一部分，永不长大。在经历过挫折、在智慧增长之后，那小小的一部分，依然很难得地留在我们身上。

当你快乐的时候，它会跑出来。

当你生气的时候，它也会跑出来。

当你伤心失意的时候，那不肯长大的一部分会出卖你那坚强和成熟的外表。

有时候，我们喜欢一个人，不光是喜欢眼前的他，也喜欢他没有长大的、美好的那部分。

那一部分，是个惹人怜爱的老小孩。

留个纪念的情话

　　有些情话，我们不一定相信，但是，我们会希望一生之中能够听到，留个纪念。譬如：

　　"嫁给我吧。"

　　"让我照顾你吧。"

　　"我从来没有这么爱一个人。"

　　"你是我最后一个女人。"

　　"要是没有你，我不知道怎么办。"

　　"我从来没有对人这么好。"

　　"你最了解我。"

　　"我会一辈子保护你。"

　　"你是最漂亮的。"

　　"我喜欢抱你。"

　　"我要令你幸福。"

　　"你老了，我仍然会这么爱你。"

"我永远不会放弃你。"

"我不会让你离开我。"

"我愿意为你做任何事,只要你快乐。"

这些情话,是真的也好,是假的也好;是甜言蜜语也好,是过眼云烟也好,都不重要。

每个女人心中都有一本爱情纪念册,纪念册上连一句这样的情话也没有,太可怜了。

即使去骗,也要骗一句回来做个纪念。

相爱的伏笔

有人说,时间不是直线的,而是弯曲重叠的。

有时候想想,这也不是没可能的。

人生许多的相遇,在在印证了时间的诡秘。

你想起一个人的时候,他刚好想起你。

你这阵子常常想起一个很久没见的朋友,今天,你竟然在别人口中听到他,或者是在路上迎面碰到他。

这些还不算诡秘,最难以解释的,是男女之间的相遇。

你爱的那个人,在邂逅之前,曾经以其他形式悄悄在你生命中出现吗?他曾否跟你擦肩而过?

许多年前的一天,你从朋友那里听到一个名字,当时没有放在心里。许多年后,你爱上的竟然便是这个人。当时怎么会想到呢?

原来,他早已经在你的时间里安然等待,无所谓过去或现在。一天,在重重叠叠的时光里,你们终于不再只是陌路人。

从前是伏笔,今天是高潮,这是一出无法不上演的戏。

夜里，当你静静地回顾这一场相遇，你越发相信一切不是偶然，你流过他的生命，他也流过你的生命。当你或他第一次风闻对方的时候，一切已然注定。

不可挽回的五种东西

不可挽回的包括：

一、青春

二、已秃的头

三、已拿掉的器官

四、已出之言

五、已变的心

一位太太在家里等丈夫回来，他答应了今天回来告诉她他的决定——回到她身边抑或跟第三者一起。这是多么漫长的一天？

她早就应该知道他的决定吧？要是他打算留下来，为什么要等到今天？他要的，只是拖延。

已变的心是已逝的青春，记得当时的好就算了。

已变的心是已秃的头，世上还没有一种生发水证实绝对有效。不肯接受秃头的现实，什么生发水都要拿来试试，到头来，失望只会更大。

已变的心是在手术台上被医生拿掉的肝、胆、肾、肠子，永不复还。

已变的心是已出之言，想收也收不回。

情人变心了，无可挽回，只好节哀顺变，这是唯一方法。

你是他的什么人？

她和一个老男人一起生活了十年，他死了，她才发现，他早已立下遗嘱，死后把所有财产都留给他未离婚的妻子。

她什么都没有了，生活拮据，于是，她告上法庭，要求得到他一部分的遗产。法庭最终判她败诉。在庭上，法官对她说：

"你根本无权否定对方的'妻子'身份，恕我直言，你是他的什么人？"

天下间的情妇应当谨记这一句话——"你是他的什么人？"

无论这个男人有多么爱你，无论你的爱情怎样惊天动地，可歌可泣，在你经常伤心地问他"我是你的什么人"之余，请也自问一句。

做情妇的，得到男人最好的爱，花好月圆之时请先谋定后路。你的男人也许不会不爱你，但他不是不会死的。他死了，你怎么办？你

为伟大爱情甘心付上青春,放弃名分,请也同时学会自立。

依附爱情的女人应当明白月有阴晴圆缺,可以为男人放弃名分,却不可以为男人放弃事业。

情妇比任何一种女人更需要事业,有了事业和金钱,你才有资格不要名分。

欢乐时光

　　酒吧的欢乐时光应该是属于男人的，每天下班后，到酒吧里喝酒的几乎都是男人。这时候，他们可以尽情地喝两杯、说粗话、骂老板、跟酒保开玩笑，要多自由就有多自由。这是他们一天之中最无拘无束的时光。等到欢乐时光结束，他们还是要回家去做个好男人。

　　听说有的女人连男朋友的欢乐时光也不放过，她爱跟着他去酒吧，说是陪他，却只是想要盯着他，不许他喝太多。

　　这样的女人未免太不了解男人了。男人的脆弱、男人的愁苦、男人的忧伤、男人的孤独，必须找一个机会释放出来，然后他的心理才得以平衡，才可以回家，明天又出去赚

钱,勇敢地生活下去。

　　男人有欢乐时光,而我们有下午茶。下午茶就是女人的欢乐时光。我们的欢乐时光可长了,下午茶之后还可以去逛街买东西,心情好的时候固然要买,心情不好更要买。可怜的男人,只有每天短短两个钟头的欢乐,又何必拿走它?

　　杯酒言欢,言不及义,也是一种疗愈。

　　欢乐时光其实并不欢乐,男人要是能够在生活里找到欢乐,根本不需要欢乐时光。

名分、爱和钱

女人肯不要名分，只有两个原因——得到很多很多的钱或是很多很多的爱。一个女人愿意把她的青春放在一段无名分的关系之上，应该早就决定了要的是钱、是爱还是名分。

女人实在比男人幸福，男人从来不能够用名分得到些什么好处，男人总不成对女人说：

"给我一个名分，如果不给我名分，就给我钱，或者给我爱。"

名分这回事，仿佛是女人的专利，也是女人的筹码，只有女人可以理直气壮地跟男人说：

"给我名分。"

女人为名分苦恼，名分却也为女人带来了很多利益。女人得到名分，便得到男人的一切，她是他太太，于是可以名正言顺与他过着跟他同一水平的生活。要是将来有一天他想要拿走她的名分，他得分给她许多许多的钱。

女人得不到名分，好处可能更大。男人无法给一个女人名分，自

会给她许多的钱来补偿她。她的生活，说不定过得比他太太还要好。

没有钱，又不能给女人名分的男人，惟有给女人许多许多的爱，使女人明白爱与名分在多数时候是不能并存的，有了名分，或许就没有那么多的爱。

名分这东西一直都是属于女人的，她可以拿来交换爱或是钱。

色鬼

多数男人都好色,只不过有的男人追求的是质素,有的男人追求数量。

追求质素的男人,每次只选择一个女人,只贪她的色相。追求数量的男人,同时追求几个女人,他贪的是所有女色。

世上只道追求数量的男人好色,其实是不公平的。好色便是好色,并没有质量之分,只是方法不同,殊途同归。

好女色不同于好美色,有的人将好色提升到美的层次,随便和女人上床,是对美的追求,不过自我安慰而已。

我认识几个很好色的男人,他们时常换女朋友,但每一个女朋友都谈不上有美色。其中一个特爱苦情女子,另一个特别喜欢单眼皮女生。所谓色,不一定是美,而是一种对他的吸引力。

色鬼不一定是艺术家,事实上,大部分色鬼的品味都不怎么样。

色鬼品味不好是合理的,他们想要的只是数量,贵多不贵精,自然不可能每一件都是精品。

　　色鬼也有分可爱和讨厌的两种。可爱的色鬼胜在坦白,不会假正经,跟他们单纯做朋友也是挺好的,他会告诉你世上所有的男人都好色,你不需要反驳,只需要微笑对他说你爱的那个才没那么坏。讨厌的色鬼强人所难,甚至利用权力骚扰女性,最可恶了。

　　既然男人全都好色,女人只有一个选择——选择追求质素的男人,他们品味比较好。

读过很多书又怎样？

一个刚刚受了情伤的男人生气地说：

"我读过很多书，她怎么可以这样对我？"

一个人受过多少教育，跟他会不会失恋又有什么关系？

要是书读得多就不会失恋，很多人也许都愿意多读点书。

读书多了，并不代表人见人爱。

读书和恋爱根本就是两码子的事。

一个上过大学的，跟一个只上过小学的，一样会失恋，分别只是前者觉得："我读了那么多书，为什么竟然会有人不爱我？"后者却说："她离开我是因为我没有学识。"

他不爱你，即使你是博士又怎样？

你读医，却不是个好医生；你读法律，却不是个好律师；那你的确是辜负了你所受的教育。然而，世上并没有一门学科叫恋爱，你又不是恋爱博士，失恋有什么稀奇？

爱情最是公平，每个人都有机会被甩。

她不爱你了，你可以说："她怎可以这样对我？"但是，请别说
"我读过很多书"这样的傻话和笑话。

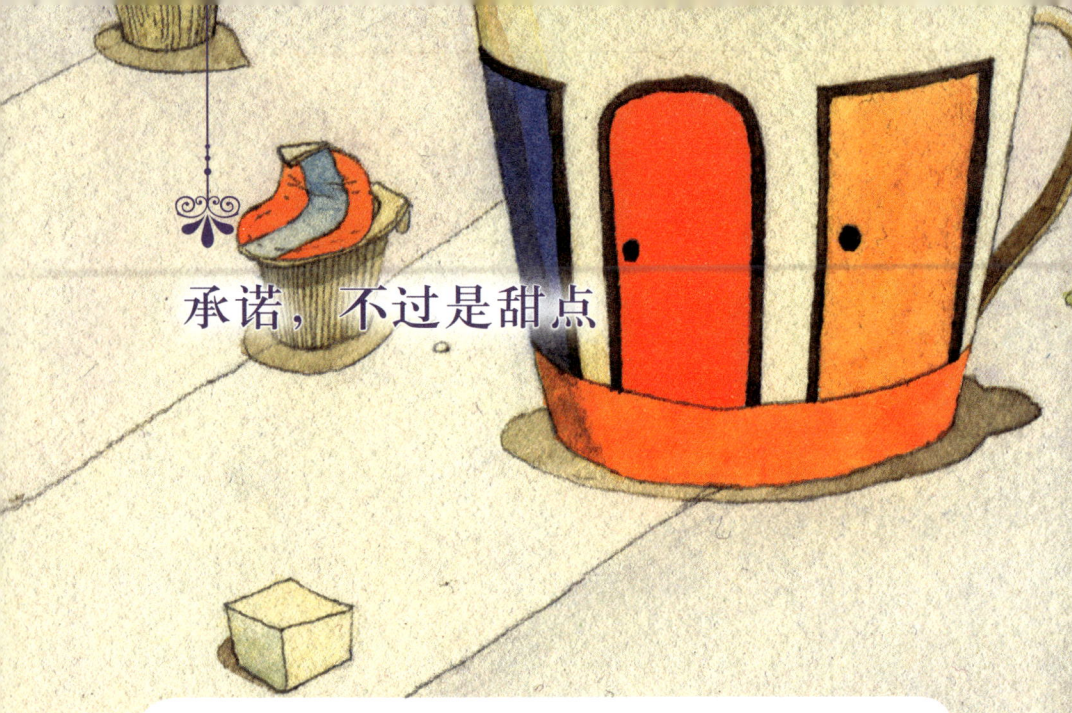

承诺，不过是甜点

离了婚的名媛说：

"不会再相信承诺了。比方大家说好将来等我们赚到好多好多钱，我们要买一幢很大的房子，我们这样那样……但是，什么都会变的，太多事情会改变，不如再也不要有任何承诺。"

过来人的痛，可以理解；只是，每一个曾经矢言不再相信承诺的人，当他们再一次恋爱，都会忘记以前的痛苦，会想再要一些承诺。

相信承诺并没有错，错只错在以为承诺是主食。

爱情里的承诺不过是甜点、下午茶或是零食。没有了这些，生活毕竟有点单调乏味。

明知道甜点会吃胖人，我们还是会想吃。有时候，明明有一堆工作摆在面前，看到这一天阳光明媚，我们还是会想放下工作溜出去

吃一顿美味的下午茶。明明知道许多事情都会改变,我们依然愿意相信所爱的人许下的、像甜点一样诱人的承诺。

我们想要承诺,不过因为贪婪。

一个只吃主食、不吃甜点、不吃零食,也不肯偶尔坐下来吃一顿下午茶的人,必然是个闷闷的情人。然而,把甜点和零食当成了主食,也是不健康的。

爱情里的海誓山盟不过是主食以外的小吃,我们觉得失望,因为被爱的时候我们以为山盟海誓是主食,受伤的时候认定它是毒药,却从未察觉,承诺,不过是甜点。

你早就应该知道,它不过是点缀。

忘记

小孩子要学习尽量记忆更多东西，成人要学习的，却是忘记。

我们从小就知道记性好有多好，记性不好有多么不好。默书时，明明背熟了课文，情急之下却无法想起来，那种痛苦和不甘，就像被背叛了，却是被自己背叛。背熟了却又忘记了，百词莫辩，谁相信你真的背熟了？

我上高中那一年，学校举行了一场演讲比赛，一个向来乖巧勤奋的女同学站在台上，面对台下几位评判和几百个同学，竟突然忘记了自己要说些什么。她张着嘴努力拼出一些字，却什么也记不起，最后只好哭着走下台。直到这么多年后，我依然记得她那张痛苦的脸。

不要思考爱情

忘记是痛苦的，从前如是，今天也如是。只是，以前的痛苦是因为忘记了，而今的痛苦却是怕自己忘不了。

我们一生之中，要牢记和要忘记的东西一样多，忘记却比牢记着更难。

人的记忆存在细胞里、在身体里面，与肉体永不分离，要摧毁它，等于玉石俱焚。

然而，有些事情必须忘记，才会幸福。该记住的记住，该忘记的忘记。忘记痛苦，忘记所爱的人对你的伤害，把他从记忆中永永远远刮落，走自己的路。有时候，只好如此，也只能如此。

失望的子宫在流泪

只要女人闹脾气,男人就会说:"天!她是不是来那个了?"

女人无缘无故地哭,男人会说:"女人每个月总有几天是不理智的。"

女人喜怒无常,男人会说:"肯定是经期综合征。"

于是女人学聪明了。哪天不想上班就跟男上司说:"我肚子痛耶。"

"肚子痛,我明白了。"男人自作聪明,以为女人又被月经折磨,只是不好意思说得太明白。

女人对男同事乱发了脾气,后悔了,于是苦着脸撒了个谎:"对不起,我每个月有几天就是不会思考——"

男人不但原谅她,还怜惜她,觉得做女人真可怜,也庆幸自己不是女人,没有那个。

男人有时太好骗了,他们没有那个,他们永不可能知道来那个是不是真的那么可怕,他们也不知道,女人除了无法假装爱之外,她

能够假装幸福、假装生气、假装伤心、假装不在乎,还能够假装月经。

月经是失望的子宫在流泪,所以,女人在这几天喜怒无常和蛮不讲理,甚至发疯,都是可以原谅的。

男人说,女人真可怜,给月经支配。其实,男人也好不了多少,男人没有月经,却被月薪支配。

最伟大的发明家

马克·吐温说："最伟大的发明家，除了'偶然'还有谁？"

我们现在用的尼龙粘扣，是瑞士一位工程师乔治·麦斯楚发明的。一九四一年的一天，他在外头散步回来，夹克上沾满了芒刺。他拔下几根，放在显微镜下检视，发现原理很简单，芒刺本身像一排钩子互相连结在一起，碰到衣料或动物的毛时会紧紧钩住了。

麦斯楚由此得到灵感，花了八年时间研究和改良，终于想出把尼龙织成两排，一排是无数个小钩钩，另一排则是小环孔，当两排结合一起时，就可以紧紧卡住。这就是我们今天所用的粘扣。

所谓缘分，也和发明一样吧？都是源于偶然。

你偶然遇上他，人生从此不一样了。你本来只是野外的芒刺，却变成了有用的粘扣。

麦斯楚可是用了八年时间和无数心血才把偶然变成一件伟大的作品，单靠偶然是不够的，要将美丽的偶然变成天长地久，你得花更多的努力。

　　最伟大的发明家是偶然,最伟大的爱情却绝不可能是偶然。别用缘分概括得失成败,该问你付出了多少。

　　爱情也是一种发明,需要不断改良。只是,这种发明跟其他发明不一样,它没有专利权,它随时会给人抢走。

荒凉的牛排

曾经请教一位厨师,问他:"怎样可以把食物弄得好吃?"

他说:"只要多点爱心,什么都会变得好吃。"

就是那么简单?第二天,我买了一块牛排回家,我把牛排轻轻放在一个漂亮的盘子里,这是我为它预备的窝。

我情深款款地望着牛排,对牛排说:

"牛排牛排,我爱你,你一定要好吃。"

我在牛排表面撒上海盐,温柔地用双手替牛排按摩,我叮嘱牛排:

"你一定要好吃,因为这是我的幸福。"

我爱牛排,牛排却不爱我,那天煎出来的牛排并不特别好吃。

我被牛排识穿了,要是我爱它,根本舍不得吃它。说我爱它,不过是虚情假意。是的,我并不爱它,我已没有多余的爱可以用在食物之上。

小时候曾经有一位专栏作家在送我的书上写给我这句话——

世上惟有爱才能使人震撼。

　　要使人震撼，得要用多少爱才足够？

　　爱，永远也不会足够，可是，有时候，受伤太多，我们已经掏空了，已经倾尽了所有，再无余力去爱。

　　忽然之间，我觉得很荒凉。

我爱你

"我爱你"这三个字，还是不要随便说的好。

K说，年少的时候，一个男孩子对她说："我爱你，我愿意一辈子照顾你。"她听着却哭了出来。哭，不是因为感动，而是因为伤心。她不喜欢他，听到他这么说，她伤心死了，在心里问："照顾我一辈子的人就是你？我到底做错了什么？"

那个说"我爱你"的可怜虫，他的一声"我爱你"，没能感动一个女孩，只能使女人感伤。

C说，她和一个男人一起三年了，她一直以为自己是爱他的。一天夜里，两个人在路上散步，男人情深款款地在她耳边说了一声"我爱你"，那一刻，他以为她会感动得立刻搂着他，她却全身起了鸡皮疙瘩。她忽然醒觉，原来她并不爱他。要不是他的一声"我爱你",她大抵永远不会知道。

F说,这个星期以来,她对男朋友说了好多"我爱你",十年来,每一次当他又瞒着她跟别的女人交往,她就会苦苦地跟他说"我爱你",每一次,他总会回头。

可这一次,她不知道他还会不会回头。十年来,他总是把她当作次选,不知道她爱他爱得多么凄凉。

可知道"我爱你"这三个字,听得太多,也是会免疫的?

说得太多,对方已经不把它当一回事;说得太晚,却也没意义了。人家不爱你,你这么说,只会变成笑话。

说"我爱你"实在太难了;不如,你说,你爱我。

最后的道义

　　我不知道男人是怎么想的,女人如果真心爱过一个男人,那么,在向他提出分手之前,她是会仔细考虑这一天说分手是不是适当。

　　明天是他很重要的日子,他的事业前途就在明天决定,那么,她无论如何也不忍心今天跟他说分手,明天再说吧。等他春风得意的时候才告诉他一个坏消息,总是比较仁慈的。

　　他明天要策划一项工作或者行动,他全副心思都放在明天,只许胜,不许败,那么,女人也只好装着今天仍然爱他,在他出去之前,给他一个深情的拥抱。她不想毁掉他。

　　他生病,躺在医院里,在这天之前,她早就不爱他了,可是,在他需要关心的时候,她又怎能说分手? 于是,她会一直照顾他,直到他病好了才离开他。

今天跟他说分手以后,你不希望看到他明天会发生什么不好的事。于是,你一直不忍开口,一直在等。

是的,不再爱他了,只想在寻常的日子里告诉他,这是女人对男人尽最后的道义。男人又会否向女人尽同样的道义?

零和零之间

零是无限,是数学里最诡秘的一个数字。当你老了,慢慢就明白,生命是从零到零。

一切归零,零和零之间,却并不悲观,反倒充满了可能性。

我和你本来是零,然后是一加一,你丰富了我,我也丰富了你,你付出你整个人,我何尝不是？你改变了我,我也改变了你,我们融为一体,变成一乘一。后来的一天,你不爱我了,或者我不爱你了,那是一减一,又变成了零。

从零到零,除了岁月,除了青春,还有我们无私的付出,所有的期盼、欢笑、失望、眼泪、成长和悲伤。虽然到了最后还是零,但这个零跟最初的那个零是不一样的,这个零要复杂许多。

一段感情结束,我们各自再从零开始,但是,请不要悲伤,从这个零到那个零之间,依然有无限的可能。生命本来如此,零和零之

间,动人的不是结局,而是过程。

　　零是圆的,有一天,我们或许会相遇,虽然已经是零,但是,零和零之间,并不是零的回忆。

小黑狗的岁月

一天，在路上见到一条大黑狗，它蹲在主人身边，一副凶巴巴的样子。我有点害怕，但没法不走那条路，只好鼓起勇气走过去。谁知道，当我从它身边走过，它马上趴下来，一副温驯又可怜的模样，原来，它的外表，只是用来唬人的。

我们常常摆出一副威武的姿态，可是，遇到意中人的时候，我们脱盔甲脱得比任何时候都快。

我当然不是它的意中人，只是，它让我想起，我们有时候也不过是一条小黑狗。

明明是大黑狗，爱上一个人的时候，我们马上缩小，变成一条驯服的小黑狗。你的快乐就是我的幸福，我从来不肯侍候别人，遇上了你，我却很想侍候你。每次看见你，我会兴奋得摇着尾巴，流着口水，扑到你怀里。你去哪里，我也去哪里。当你坐在那里想事情，我爱乖乖趴在你脚边仰望着你。

我想和你睡，替你暖脚，我要用四条腿牢牢地抓住你，求你不要

遗弃我,不要把我拿去人道毁灭。

　　有甜便有苦,外人不会明白我翘起屁股走路时的幸福和满足。直到爱消逝了,我重又变回一条孤单的大黑狗,怀念着为爱而把自己缩小的美好岁月。

忠于自己的小鸟

　　你有过这种经验吗？说好了不再见他，说好了不会再理他，说好了不再爱这个人，可是，只要他的电话一打来，你还是奋不顾身地飞奔过去。

　　有时候，自己都瞧不起自己。

　　明明已经敬告朋友，信誓旦旦，咬牙切齿地说：

　　"这一次，我不会再那么心软了！"

　　然而，听到他的召唤，我们连廉耻和口齿都不要了。

　　我愿做卑微的小鸟，为你低飞。

　　我答应自己的，算得什么？我答应朋友的，又算得什么？我答应你的，却比一切都重要。

　　电影《跳出我天地》(*Billy Elliot*)里，最感人的，是戏中的小男孩决定瞒着爸爸学芭蕾舞。上第一课时，他把妈妈的信带在身边，妈妈已经不在了，那封信本来是留给他十八岁生日那天看的，他早已经忍不住打开来看了。妈妈在信里说：

"人要忠于自己。"

我们不也是努力去忠于自己吗?

只是,有时候我们搞不清要忠于的是自己哪一部分。是忠于自己的爱,忠于自己的感觉,还是忠于自己的梦想?

忠于自己的梦想不容易,忠于自己的爱,也不容易。

忠于自己的感觉,其实是很自私的。你看那卑微的小鸟,它并不伟大,它只是还没法放弃,没法不去响应爱的召唤。它也不过是忠于自己罢了。

不再了不起

你上一次觉得自己很了不起是什么时候？

别说你从来不觉得自己了不起，人总有自恋的时刻。假如你真的没有，那你实在太谦虚了。

想起那些自以为了不起的时刻，也会有点脸红吧？

当时以为自己说的话或者做的事很了不起，后来，经历的事情多了，才发现从前多么幼稚。当时以为了不起，真的是太没内涵。

有的人曾经在课堂上挑战老师，几十年后，老了，依然回味那天的一切，却也会老实地说："那时以为自己很聪明，现在会感激老师当年的包容。"

老师能够包容学生，或许因为他们也是过来人吧？

年少苍白的日子，不知道世界之大，不知道人的渺小，喜欢表现自己的深度，自以为是个特别人物，这都是可以原谅的吧？ 谁没有年轻过？ 谁没有夸大过自己一点小小的成绩，在不被欣赏的时候，依然自我陶醉、高傲却又哀伤地爱着自己？

然而，到了一把年纪，还是经常自命不凡，那便是对自己不诚实了。这样的人，也是长不大的。

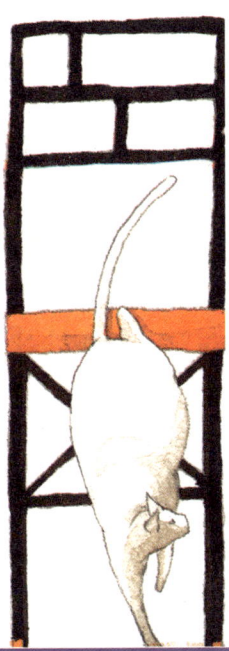

膨胀为神 沦落为魔

英国作家C. S. Lewis在他所著的《四种爱》一书里说：

"爱，从它膨胀为神的那一刹那开始，就会沦落为魔。"

当人以为自己是上帝，他就会沦落为魔。爱情不也是如是吗？

在爱情里，有谁不曾自觉伟大？

我们既伟大，也卑微。

伟大，因为我如此爱你；卑微，因为我没有办法不去爱你。

我倾尽所有去爱你，你是我生活的重心，我可以为你抛开一切，甚至是良知和梦想。我愿意为你牺牲。没有人比我更爱你和更珍惜你。我在你身上看到爱的无所不能，我超越了自己，和你一起驰进了

永恒的国度。

谁不渴望被一个人这样沉溺地爱着？

可是，当爱膨胀为神，它也会沦落为魔。

过分的爱是一种伤害，当我们那样爱一个人，我们最终会因为无法占有他而痛苦。我们会变得自私和妒忌，不但伤害了别人，也摧毁了自己。

一旦爱得那样无法无天，醉生梦死，是会沦落成魔的。这样的爱情也将无法如我们所愿可以走过漫长岁月，厮守到老。

每个男人都失意

男人是很奇怪的。无论他现在的成绩多么好，他仍然会觉得自己是失意的。即使让他当上美国总统，他也许还认为自己可以更好，总统这个职位是埋没了他。

当你安慰他："你已经很好了，你比许多人都好。"他会苦笑着说："我本来应该不止于此的！"

年少的时候，他听过太多"终非池中物"、"一遇风云便化龙"这些赞许，对自己有了很高的期望。

说这些话的人，并不是恭维，他们真心相信眼前这个男孩将来会出类拔萃。

许多年后，这个男孩子并没有让赞赏他的人失望，他只是让自己失望。

我们拥有很好的成绩，却仍然觉得失意，那是因为我们对自己有太高的期望。

一个人有多少成就，除了本身的才干和努力之外，毕竟需要一点机遇。是的，机遇总是偏爱有备的心灵；然而，机遇里，是包含着天意的。

我们可以尽最大的努力去冲淡天意，减少天意在我们身上所占的比例。可是，我们始终敌不过天意。一个人的潜能不是在自己里面的，而是在于你遇到什么机会，机会也就是天意。

一个男人是否感到失望，不在乎他有多少成就，而在乎他对自己有多少期望。在期待落空的过程里，他才开始明了天意。

另一种人生

曾否有一刻，你想要过另一种人生？

做着另一份工作，在另一个圈子，拥有另一些朋友，也谈另一段恋爱。

另一种人生，也许不会比现在快乐。然而，有那么一刻，你很想知道，你的另一种人生会是什么光景。

想要过另一种人生，并不是厌倦了现在的生活，而是了悟人生的短暂。既然那么短暂，只过一种人生，会不会很乏味？一生只有一个身份，好像也太沉闷了。

忽然明白，为什么有些人会把生活分成日和夜，白天是一个人，

190

夜晚又是另一个人。其中的经典，是小时看过的一部电视剧，忘记了剧名，主角是个医生，白天他是仁心仁术的医生，到了夜晚却是个变态的杀人魔。

可是，要是长期过着双重性格的生活，成了规律，也就等于过着一种人生。

我们害怕的，也许是千篇一律的日子。

千篇一律的日子是最安全的，也最枯燥。换了另一个身份，是很刺激的，却也是危险的。

想要过另一种人生，也许永远只是想想罢了。

上帝很会掷骰子

假如让你现在掷一次骰子,重新开始你的人生,你会想要从几岁开始掷骰子?是二十五岁,十五岁,更早之前?或者晚些?

一听到这个游戏,大部分人会兴奋地想想要回到几岁重新开始;然后,我们也许会笑笑说:"还是不要再掷一次骰子了。"

即使能够从十五岁开始过另一种人生,而不是今天这一种,也不能保证会比现在快乐,那又何必再来一次?

再掷一次骰子,另一段人生,同样会有不快乐,也有痛苦、沮丧和失望。当时我们觉得很难受,今天回首,没有从前的痛苦,又怎会长大?我们宁愿继续长大,也不宁愿从头再长大一次。

要是能让你在遇到他之前再掷一次骰子,你又愿意吗?新的人生里,或许不会和这个人开始,从来没开始,也就没有想念的折磨与离别的痛苦。

可是,你也许还是甘心情愿放弃再掷一次骰子的机会;即使再掷一次,还是坚持要遇上他。

　　我们的骰子是上帝掷的，我们没可能掷得比上帝更好。天意不是我们可以控制的；而命运，是天意与选择的结合。我们有选择的自由，也要承受选择的结果。遇上了你，快乐和痛苦，既有天意，也有抉择，你是我短暂生命里重要的一章，无论结果如何，我还是宁愿遇上你。

著作权合同登记号　图字：01-2013-0582

本书经青河文化事业出版有限公司授权出版中国大陆中文简体字版本，非经书面同意，不得以任何形式复制、转载。本书仅限中国大陆地区发行。

图书在版编目（CIP）数据

那些为你无眠的夜晚/张小娴著.—北京：北京十月文艺出版社，2014.4

ISBN 978-7-5302-1379-7

Ⅰ.①那… Ⅱ.①张… Ⅲ.①散文集-中国-当代②随笔-作品集-中国-当代　Ⅳ.①I267

中国版本图书馆CIP数据核字（2014）第003224号

那些为你无眠的夜晚
NAXIE WEINI WUMIAN DE YEWAN

张小娴　著

*

北京出版集团公司
北京十月文艺出版社　出版
（北京北三环中路6号）
邮政编码：100120

网　址：ｗｗｗ.ｂｐｈ.ｃｏｍ.ｃｎ
新经典文化有限公司发行
新华书店经销
北京华联印刷有限公司印刷

*

890毫米×1270毫米　32开本　6.5印张　100千字
2014年4月第1版　2014年4月第1次印刷

ISBN 978-7-5302-1379-7

定价：32.00元
质量监督电话：010-58572393